KB132943

나를 빛나게 해주는 좋은 글

사랑은 마음의 소리입니다.
사랑은 무엇보다 자신을 위한 선물입니다.

_____ 님께 드립니다.

이 순간 가장 행복한 사람이 되길 바랍니다.

지금은……
나를 사랑할 때……

지금은……
나를 사랑할 때……

초판 1쇄 인쇄_ 2019년 11월 25일 | **초판 1쇄 발행_** 2019년 11월 30일
지은이_김태균 | **펴낸이_**진성옥·오광수 | **펴내곳_**꿈과희망
디자인·편집_김창숙·윤영화
주소_서울시 용산구 한강대로 76길 11-12 5층 501호
전화_02)2681-2832 | **팩스_**02)943-0935 | **출판등록_**제2016-000036호
E-mail_ jinsungok@empal.com
ISBN_979-11-6186-057-2 03810

지금은……
나를 사랑할 때……

김태균 지음

꿈과희망

그래도 우리는 다시
일어나 걸어야 한다

세상에 던져진 나는 미약한 존재일 뿐이다.

성공은 항상 남의 이야기일 뿐이고, 반복된 실패는 나를 절망 속에 가둬버리고 그래도 희망을 잃지 말라는 말은 벼랑 끝에 서보지 않은 사람들의 사치스러운 말 장난에 불과하다고 생각한 적도 있다.

어둠의 긴 터널의 어디쯤엔가 서 있는 나는 주위를 아무리 둘러보아도 손을 잡아줄 사람이 하나도 보이지 않고 저 멀리 한 줄기 빛이라도 있다면 그것을 의지하여 걸어봄직도 하지만 그것조차 나에겐 허락되지 않는 인생의 순간이 있다.

이런 순간에 어쩌면 단 한 줄의 명언이 살아가는 것이 힘든 고통뿐이라고 생각하는 모든 사람들에게 작은 위안이 되었으면 한다.

　막막하고 매 순간이 절망적일 때, 숨조차 쉬기 어려울 때 따뜻한 손길 하나, 말 한 마디가 생명수처럼 다가온다.

　이 책에 담긴 글들이 사람들의 마음에 희망의 불씨를 피워주기를 바란다.

　머리맡에 두고 잠자리에 들기 전에 한 구절을 읽어도 좋고, 탁자 위에 두고 어느 순간 손을 뻗어 읽어도 좋다.

　때로는 공감하고, 때로는 위로받고, 때로는 함께 웃을 수 있는 마음에 새겨두는 글들이 우리를 다시 미소짓게 하기를 바란다.

　그래도 우리는 다시 일어나 걸어야 한다.

Better than yesterday

CONTENTS

이 한 권의 책 속에 담긴
지혜의 한 마디는
우리를 용기내게 하고,
희망을 품게 하며,
꿈을 이루어 성공의 길로
나아가게 할 것이다.

PART 1

나의 삶을
메이크업하라

DAY 001

인생은 하나의 실험이다.
실험이 많아질수록
당신은 더 좋은 사람이 된다.
R. W. 에머슨

실험은 그 자체로 매우 가치있는 일이다.
결과에 연연하여 실험에 소극적이거나

그때를 놓치게 되면 점점
나이가 들어가면서

두려움에 사로잡혀 그 기회조차 없을지도 모른다.
생각하는 모든 것을 일단 실천해야
정말로 단 한 번의 실패가 치명적인 순간에
가장 강력한 나의 무기가 될 수 있는 것이다.

DAY 002

남의 생활과 비교하지 말고
네 자신의 생활을 즐겨라.

콩도르세

자신보다 뛰어난 능력을 가진 사람들이나
성공한 사람들을 보면서 가장 먼저 생각해야
하는 것은 자신을 한없이 초라하게 만드는
절망이 아니라 지금 현재의 자신의 위치를
정확히 이해하고 좀 더 높은 목표를 가지고
묵묵히 자신의 길을 가야 하는 것이다.
그렇지 않으면 평생을 남을 부러워만 하다가
인생을 마감할 것이다.

인생을 살아가면서
나는 한 가지 분명한
사실을 알게 되었다.
열린 마음을 잃지 않는
것이야말로
무엇보다 중요하다는 것이다.
열린 마음은 사람에게
가장 귀중한 재산이 된다.

마르틴 부버

겸손은 소통의 가장 처음 단계이다.

그것은 단순히 나를 낮추며 상대방을 한없이 배려하는

마음이 아니라 상대방의 생각을 왜곡됨이 없이 받아들일

수 있는 상태를 말하는 것이다.

열린 마음이 왜 이토록 중요하냐면 단지 배움의 도구가

아니라 나와 관계되는 모든 인간과 사물에 대한

최소한의 예의가 되기 때문이다.

부모를 섬길 줄 모르는
사람과는 벗하지 마라.
왜냐하면 그는 인간의
첫 걸음으로부터
벗어난 사람이기 때문이다.

소크라테스

굳은 결심의 대명사처럼 되어버린 말이 있다.
목숨을 걸고 무엇을 하겠다는 것이다.
자신의 목숨을 걸었다는 것은 모든 것을
걸었다는 것이다. 자신의 모든 것인 생명은 사실
부모님이 주신 것이다. 부모님은 자신에게
생명을 주신 분으로, 그것만으로도 충분하신 분이다.
하지만 부모님은 우리에게 한없는 희생도 하신다.
이 세상 그 누가 있어 자신에게 이처럼 무조건적인
사랑을 베푸는 존재가 있을까?
섬기고 또 섬기어도 부모님의 자식에 대한
사랑에 반도 못 쫓아가는 것이다.

DAY 005

연애의 힘은
실제로 연애를 경험하지
못하면 알 수 없다.

프레보

배우고 또 배우면 얻어지지 않는 지식이 없지만
남녀 사이의 오묘함은 결코 경험하지 못하면
그 위대한 힘의 원천을 도저히 알 수가 없다.
오직 경험으로만 알 수 있는 것,
그것이 사랑의 힘이다.

아무런 기대 없이
사랑하는 자만이
참된 사랑을 안다.

시라

자신에게 무슨 이익이 있을까 계산하고
생각해서 사랑하는 것은 아니다.
사랑하는 그 마음이 곧 행복이다.
이것은 행복하기 위해서 사랑하는 것도 아니고,
나의 부족함을 채우기 위한 이기적인
마음의 또 다른 형태도 아니다.
오직 사랑을 위해서만 사랑하기 때문에
행복한 것이다.

험한 언덕을 오르려면
처음에는
서서히 걸어야 한다.

W. 셰익스피어

비즈니스든 사적인 관계에서든 가장 안 좋은

모습은 처음만 요란하고 끝은 없는 사람이다.

마치 다 될 것처럼 말하고 마지막에 가서는

흐지부지 되어 버리는 사람은 절대 성공하지

못한다. 큰 일이든 작은 일이든 처음과 끝이

같은 사람이 되려면 페이스 조절이 필수이다.

깔끔한 일처리의 반복이 성공의

첫 걸음임을 명심하자.

DAY OO8

후회의 씨앗은 젊었을 때
즐거움으로 뿌려지지만, 늙었을 때
괴로움으로 거둬들이게 된다.

콜튼

어차피 지나간 시간, 후회하는 일들은
매 순간 일어난다.
다만 그 횟수를 줄이기 위해서
우리는 우리 앞에 놓인 한 시간 한 시간을
알차게 보내야 한다.

행복하게 사는 것은
일상의 토대를 굳힌 후에야
가능하다.

마거릿 보네노

누구나 큰 일을 하고 싶고 성공하고 싶고
주목받고 싶어 한다. 우선 자신의 주위를
둘러보자. 지금 당장 자신이 해야 하는
일들은 너무 소소한 일들뿐이다.
하지만 많은 사람들이 주위의 작은 일들을
처리하지 못하면 절대 자신이 하고 싶어 하는
일들을 해내지 못한다는 것을 미처 깨닫지
못하고 있다. 주위의 작은 일부터 탄탄히 하고
세상으로 나가야 작은 시련이나 실패에도
포기 없이 일을 추진해 나갈 수 있는 힘이 생긴다.
하지만 그렇지 못하면 아무리 큰 성공이라
할지라도 한낱 모래성일 수밖에 없다.

신은 어딘가 하늘 아래 그대만이
할 수 있는 일을 마련해 놓았다.

호러스 부쉬엘

자신의 적성에 맞는 일을 일찍 찾은 사람은
정말 행복한 사람이다. 하지만 그렇지 못한
사람일지라도 너무 낙담할 필요가 없다.
세상 어딘가에는 자신이 할 수 있는 일이
분명히 있기 때문이다. 다른 사람과
비교하고 능력에 비해서 너무 큰 일을 꿈꾸며,
지금 하고 있는 일을 부정하는 사람도 있고,
평생을 찾아다니기만 하는 사람도 있다.
분명한 것은 태어나면서 벌어먹고 살 수 있는
능력은 하나씩은 가지고 태어난다는 것이다.

최고에 도달하려면,
최저에서 시작하라.

P. 시루스

지금 자신이 하는 일이 하찮고 힘든 일이거나,
다른 사람에 비해 자신의 위치가 너무 보잘것
없더라도 너무 낙담할 필요가 없다.
　　성공한 사람들만 우두커니 쳐다보며 시간을
허비하기보다는 현재 위치에서 꿈을 잃지 않고
목표를 정확히 세우고 하나하나 실천하다 보면
정상에 설 날이 그리 멀지는 않다.
지금 걱정해야 할 분명한 사실은
아까운 시간은 계속 흐른다는 사실뿐이다.

모든 역경 중에서 가장 딱한 불행은
지금까지 행복했었다는 것이다.

보에티우스

자신이 불행하다고 생각하는 대부분의 사람들은
사실 행복하게 살고 있는지도 모른다.
지금 겪고 있는 작은 고난에 "난 왜 이렇게 운도
없고 항상 불행한지 모르겠어."라고 말하는
사람들은 정작 그것보다 더 큰 고난을
접해 본 후에야 비로소 자신이 다른 사람에
비해 그렇게 불행하지 않았다는 것을 깨닫게 된다.

친구가 많다는 것은
친구가 전혀 없다는
것이다.

아리스토텔레스

친구의 많고 적음은 순전히 자기 주관적인
판단 기준의 엄격함의 차이일 뿐이다.
그냥 연락만 하는 사람도 친구라고
정의 내리는 사람이 있는가 하면 정말
내 마음을 이해하고 서로의 생각을 나누는
사람을 친구라고 말하는 사람의 차이일 뿐이다.

함께 울었을 때에,
처음으로 서로가
얼마나 사랑하고 있는가를
알게 되는 법이다.

에밀 데장

어느 곳이든 어떤 일이든 공유하고 있다는 것은
문제를 해결하는 것보다 위대한 힘을 지니고 있다.
상대방의 어려움에 도움을 주지 못함을 너무
안타까워하지 마라. 다만 그의 손을 잡고
같이 있어주는 것만으로 충분하다.

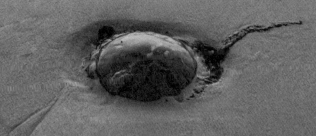

이 세상 모든 사람이
모든 현실을 볼 수는 없다.
대다수의 사람들은
자신이 원하는
현실만을 보려 한다.

카이사르

사물과 현상을 제대로 볼 줄 아는 사람이 있다면
그건 아마도 신일 것이다. 이 세상 어떤 누구도
자기 입장을 떠나서 현상을 볼 수는 없는 것이다.
단지 객관적인 시각으로 볼 수 있도록
연습하고 흉내낼 뿐이다.

DAY 016

남이 너에게 행하기를
원하지 않는 일을
남에게 행하지 마라.

인디언 명언

사람을 좋아하게 되면 뭐든지 해주고 싶은 게
인지상정이다. 그러나 상대방을 위해 해주고 있는
일들이 가만히 생각해 보면 자신의 만족감만
채우고 있는 것들이 많이 있다.
베풀고 나누는 것도 상대방에 대한 배려가
선행되지 않으면 온전히 자기 만족일 뿐이다.

효도하고 순한 사람은 또한
효도히고 순한 아들을 낳으며,
오역(불교의 지옥에 갈 만한 큰 죄)한 사람은
또한 오역한 아들을 낳는다.
믿지 못한다면, 저 처마 끝의 낙수(落水)를 보라.
방울방울 떨어져 내림이 어긋남이 없다.

명심보감

부모의 속을 그렇게도 썩이고, 말도 안 듣고
또한 부모님이 하시는 말씀에는 이유 없이
반항하게 되고 고리타분한 이야기라고
치부하며 젊은 시절을 보낸 사람도 나이가 들어
자식을 낳아 길러 보면 그때서야 비로소 부모의
마음을 조금이나마 이해하게 된다.
부모가 되어 보기 전에는 부모의 마음을
전혀 이해하지 못하는 것이 자식들이다.
하지만 부모님은 자식들이 밉다고 해서, 나쁜 짓을
한다고 해서 품안에 들여놓길 망설이지 않는다.

궁핍과 곤란에 처한 때야말로
친구를 시험하기 가장 좋은 기회이다.
어떠한 때에도 곁에 있어 주는 것이
참된 친구이다.

솔로몬

나의 시련들이 의도하지 않게 친구들을
시험하게 만든다. 친구의 손을 잡아 주면
자신조차 흙탕물로 빠질 것을 알면서도
망설임 없이 손을 내밀 수 있는 친구가
단 한 명도 없다면 그건 인생을 잘못 산 것이다.

병을 숨기는
자에게는 약이 없다.

에티오피아 속담

병에 걸렸을 때는 여러 사람에게
말하는 것이 좋다.
혼자만 앓고 있다면 더 큰 병에
걸릴 수 있을 것이다.
마음의 병도 겉으로 드러났을 때
치료법을 찾을 수 있다.

DAY 020

모방은 누구나 할 수 있지만
남보다 먼저 개혁하는 것은
아무나 할 수 없다.

콜럼버스

아무도 내딛지 않은 자리에 한 걸음
내딛는 것은 대단한 용기가 필요하다.
그 첫 걸음이 역사를 만드는 시초가
되는 것이다.

잘못이 부끄러운 것이 아니라
잘못을 고치지 못하는 것이
부끄러운 것이다.

J. J. 루소

이 세상에 실수하지 않는 사람이 있을까?
사람은 누구나 뜻하지 않게 실수할 때가 있다.
문제는 실수를 깨닫고 반성하며 두 번 다시
똑같은 실수를 반복하지 않는 마음가짐이
중요하다. 자신이 무슨 실수를 저질렀는지도
모르고 또한 그 실수를 계속해서
반복한다면 결국 인생은 실패할 것이다.

DAY 022

나에 대한 사람들의 평가는
내가 스스로를 어떻게
평가하느냐에 좌우된다.

E. M. 헤밍웨이

남들의 시선을 무시할 필요는 없지만
어떤 일이나 사물을 평가할 때의 자기 기준은
정확히 가지고 있어야 한다. 그렇지 않으면
'나'는 없고 주위에 휘둘려 살아갈 수밖에 없다.
그러면 시간이 지나 결실의 시간이 되었을 때
정작 자신의 인생에는 거둬들일 열매가
하나도 열리지 않는 것이다.
상대방의 평가를 생각하기에 앞서 자신에게
먼저 떳떳한가를 물어보고 그 믿음 위에
사람들의 평가를 얻는다면 항상 가치있는
자신의 인생이 될 것이다.

인생이란 학교에는
'불행'이라는
훌륭한 스승이 있다.
그 스승 때문에 우리는
더욱 단련되는 것이다.

V. M. 프리체

인생을 어느 정도만 살아보면 사실 행복한
시간보다 불행한 시간이 더 많다는 것을 알 수
있다. 다만 그 불행의 시간들을 견디며 이겨내는
과정이 바로 행복이며, 그 시간은 그리 길지 않다.
행복은 특정하게 완성되는 것이 아니라
항상 온갖 불행에 대항하여 이겨내는 과정의
산물인 것이다. 그러므로 그런 불행이 없다면
행복 또한 존재할 수 없는 것이다.

DAY 024

재산의 수준을 높이기보다는
욕망의 수준을 낮추도록
애쓰는 편이 오히려 낫다.

아리스토텔레스

10원을 가지고 있는 사람도 10억 원을 가지고
있는 사람도 모자람으로 고통받기는
마찬가지이다. 재산의 욕망이 지나치면
탐욕이 될 수 있음을 명심해야 한다.

탐욕이 많은 사람은
금을 나눠주어도 옥을
얻지 못함을 한탄하고,
공에 봉하여도 제후가
못됨을 불평한다.

채근담

적당한 욕심은 자신을 좀 더 발전할 수 있는
모습으로 이끌지만 탐욕은 인생을 파멸로 이끈다.
불평 불만이 많은 사람은 그 어떤 자리에 앉아
있어도 마찬가지이다. 자신의 위치에서 무엇을
할 것인가를 생각하고 묵묵히 일을 해 나가면
조금씩 발전해 나가는 자신을 발견할 수 있을
것이다.

나는 병의 회복기를 즐긴다.
그것은 병의 가치를 알기 때문이다.

G. 버나드 쇼

건강한 사람일지라도 병원 신세 한 번 안 지는
사람은 없을 것이다. 우리는 그런 시간들을
소중히 다룰 필요가 있다. 단지 빨리 회복되기만을
바란다면 인생에서 많은 것을 얻을 시간을
날린다는 것을 명심하자.

질병은 인생을 깨닫게 하는
훌륭한 교사다.

W. NL. 영안

몸이 아플 때만큼 자신과 자신을 둘러싼
모든 것들에 대해서 많은 생각을 하게
만드는 시간은 없다.

고통은 인간을 생각하게 만든다.
사고는 인간을 현명하게 만든다.
지혜는 인생을 견딜 만한 것으로 만든다.

J. 패트릭

그래도 인생을 살아갈 수 있는 힘의 원천은 행복이
아니라 불행에 근거한다는 것을 알아야 한다,

내가 성공을 했다면
오직 천사와 같은 어머니의 덕이다.

A. 링컨

세상에 이름을 떨친 위대한 인물 뒤에는 항상
훌륭한 어머니가 있다. 하지만 그렇지 못한
사람들의 모든 어머니도 훌륭하긴 매한가지다.
다만 그런 어머니의 위대한 사랑을 우리는
꼭 늦게 깨닫는 것이 문제이다.

사람이란 자기가 생각하는 만큼
결코 행복하지도 불행하지도 않다.

F. D. 라 로슈푸코

목숨 걸고 다이어트에 매달리는
20대 여성들의 대부분이 사실은
정상 체중이라는 통계가 나온 적이 있다.
정상 체중에서 무리한 다이어트를 감행한다면
건강을 해칠 우려가 있다는
의사 선생님의 의견도 덧붙였다.
항상 내 자신을 멀리 떨어져 객관적으로
바라보는 지혜가 필요하다.

빈곤은 가진 것이 거의 없다는
뜻이 아니라,
많이 가지고 있지 않다는 뜻이다.

안티파테르

천 원이 있어서 행복한 사람이 있고,

백억이 있어도 이백억을 만들려고

노심초사하는 사람이 있다.

부란 분뇨와 같아서
그것이
축적되면 악취를 내고,
널리 퍼뜨리면
땅을 비옥하게 한다.

L. N. 톨스토이

많은 이들이 자신이 번 돈을 아낌없이 사회에
환원한다. 그래서 세상이 아름다워지나 보다.
부의 분배와 자선 사업, 아주 작은 베풂도
나비 효과를 가져오기 때문에
그 결과는 상상을 초월하는 기쁨으로 나타난다.

상황은 비관적으로
생각할 때에만
비관적이 된다.

빌리 브란트

세상에 모든 것들은 우리가 태어나기 훨씬 전부터
거기에 있었다. 마음이 혼란스러우면 어지럽게
보이고, 정돈된 마음으로 보면 모든 것이
일목요연하게 보인다.
고통도 어떻게 대하느냐는 그 사람의 마음에
따라서 얼마든지 달라질 수 있는 것이다.

사랑의 고뇌처럼 달콤한 것은 없고,
사랑의 슬픔처럼 즐거움은 없으며,
사랑의 괴로움처럼 기쁨은 없고,
사랑에 죽는 것처럼 행복은 없다.

E. M. 아른트

누군가를 사랑하게 되면 이전에는 전혀
생각하지도 못했던 고민들이 하나둘 생겨나기
시작한다. 보고 싶은 마음과 항상 곁에 있지
못하는 것에 대한 아쉬움, 자신의 모든 것을
주어도 아깝지 않을 만큼의 사랑이지만
그래도 더 주지 못하는 안타까운 마음이 그것이다.
하지만 전혀 두려워할 것이 없다.
사랑해서 생겨나는 아픔은 사랑으로 다시
치유되며 진심으로 사랑을 했다면
인생이 윤택해질 것이다.

사랑은 깨닫지 못하는 사이에 찾아온다.
우리들은 다만 그것이
사라져가는 것을 볼 뿐이다.

A. 돕슨

사랑 앞에서 담대해질 수 없는 것은 항상 예고
없이 찾아와 느끼는 순간 떠나버린다는 것이다.

사랑한다는 것은
믿는 것이다.

빅토르 위고

위대한 선인들과 많은 이들이 사랑의
정의를 내렸지만 믿음만큼 가장 적절한
답을 아직 보지 못했다.

DAY 037

사랑과 가난은 감추지 못한다.

덴마크 속담

사랑하는 사람들의 얼굴은 표시가 난다.
감추려고 노력하면 할수록 확연히 표시가
나는 것은 신의 선물이기 때문이다.

DAY 038

사랑이 무엇인지 생각하는 사람은
이미 사랑을 할 수 없다.

A. 코체부

사랑에 대해서 조금이라도 의구심이 든다면
그건 사랑하지 않고 있다는 증거이다.
내가 누군가를 사랑하고 있다는 사실이
중요하지, 왜 사랑하며 무엇 때문에
사랑하는지는 중요하지 않다.

사랑 그 자체가
중요한 것이다.
재능이 없다고
말하는 사람들은
대부분 시도해 본
일이 별로 없는
사람들이다.

A. 매튜스

아무것도 하지 않는 사람들의 이유를
얼핏 들어보면 수긍이 가는 부분도 더러 있다.
하지만 중요한 것은 그 어떤 것도 시작하지
못했다는 것이다. 그것에 대해선 이유가 없다.

DAY 040

꿈을 밀고 나가는 힘은,
이성이 아니라 희망이며,
두뇌가 아니라 심장이다.

F. M. 도스토옙스키

꿈을 실현하기 위해서는 많은 시간 인내와 노력이
필요하다. 극한의 한계를 몇 번을 경험해도 반드시
실현되리라는 보장도 없는 것이다. 이온음료
몇 잔 마시면 결승점에 도달하는 마라톤이 아니다.
포기하고 싶을 때마다 희망을 마셔야 한다.
그것만이 꿈에 조금 더 다가가는 방법이다.

DAY 041

금전욕은 모든 악의 근원으로 여겨지고 있다.
그러나 돈이 없는 것도 이 점에서는 똑같다.

새뮤얼 버틀러

부자가 존경받는 이유는 남들보다 더 열심히
땀 흘려 일을 했기 때문이다. 이런 점에서
돈이 없다는 것이 비난받을 대상은 아니지만
스스로 대견하게 생각할 이유도 아니다.

DAY 042

결코 마음을 다 주면서까지
사랑하지 마라.
그러면 아픔으로 끝날 뿐이다.

C. 컬런

피부가 민감한 사람은 여러 가지 조심해야
될 것이 있다. 이별이 곧 세상의 끝인양
생각되어지는 민감성 이별증후군 환자들이
꼭 새겨두어야 할 말이다.

사랑하느냐
사랑하지 않느냐
하는 것은
우리 마음대로
되는 것이 아니다.

P. 코르네유

아무리 노력해도 되지 않는 것은 사랑하는 것과
사랑하지 않는 것이다. 이것은 사람의 의지대로
되는 것이 아니라 저절로 생겨났다 사라지는
것이다. 그러므로 우리는 사랑하는 그 순간만큼
최선을 다해 사랑해야 되는 것이다.

사랑은 신뢰를 본질로 한다.

신이 존재하느냐 않느냐는 아무래도 좋다.

믿으니까 믿는 것이다.

사랑하니까 사랑하는 것이다.

대단한 이유는 없다.

로맹 롤랑

사랑에 빠진 사람들이 가장 많이 받는 질문은

"너 왜 그 사람 사랑하니?"일 것이다.

별다른 이유는 없다. 사랑하니까 사랑하는 것이다.

DAY 045

벗이 애꾸눈이라면 나는 벗을
옆얼굴로 바라본다.

F. P. 슈베르트

단점을 떠벌리지 않고 조용히 덮어줄 수 있는
친구가 진정한 친구다.

DAY 046

사랑은 홍역과 같다.
우리 모두가 한 번은 겪고 지나가야 한다

J. K. 제롬

단 한 번도 사랑하지 않고 생을 마감한다면 그건
인간이 아닐 것이다.

사랑하지 말아야
되겠다고 하지만
뜻대로 안 된 것과 같이
영원히 사랑하려고 해도
뜻대로 되지 않는다.

J. 라 뷔르예르

마음속으로 몇천 번을 다짐해도 사랑 앞에선
아무 소용이 없다. 가슴이 그렇게 되어지는 것은
아무리 발버둥쳐도 빠져나올 수가 없는 것이다.
저항하지 말고 그 순간을 즐기는 것이
현명한 방법이다.

DAY 048

사랑하며 가난한 것이
애정 없는 부유함보다 훨씬 낫다.

L. 모리스

가난하다고 꼭 사랑이 있고
부유하다고 애정이 없는 것은 아니지만,
재물의 유무보다는 사랑이 먼저란 것은
누구도 토를 달지 못할 것이다.
서로의 믿음과 사랑이 선행된 후에
재물의 의미가 있는 것이다.

DAY 049

사랑은 끝없는 신비이다. 그것을 설명할 수
있는 것이 전혀 없기 때문이다.

R. 타고르

평생을 한 일에 몸 바친 사람을 장인이라고
우리는 칭송하지만, 사랑의 장인을 아직까지
본 적이 없다.

DAY 050

그대가 사랑을 거부한다면,
그대도 사랑으로부터 거부당하리라.

A. 테니슨

사랑이란 내가 선택하고 말고 할 것이 아니다.
왔구나 느껴지는 그 순간보다 훨씬 더 먼저
사랑은 와 있었던 것이다.

이로운 친구는 직언을 꺼리지 않고
언행에 거짓이 없으며,
지식을 앞세우지 않는 벗이니라.
해로운 친구는 허식이 많고 속이 비었으며,
겉치레만 하고 마음이 컴컴하며,
말이 많은 자이니라.

공자

나에겐 이런 친구가 있다. 다른 사람에게는 잘못
을 많이 해서 비난을 받는 경우가 많이 있지만
나에게만은 절대 그런 실수를 하지 않는 사람이 있다.
그러면 이런 친구가 이로운 친구일까?
해로운 친구일까?
인생 전체가 완전 무결할 수는 없다. 그렇다고
자신의 입맛에 맞는 사람에게만 잘하고
그렇지 않다고 생각되는 사람에게는 함부로 하는
사람 또한 좋다고 볼 수는 없을 것이다.
선택의 문제보다 평소 마음가짐의 문제이다.

DAY 052

'친구'란 '내 슬픔을 등에 지고
가는 자'라는 뜻이다.

<u>인디언 속담</u>

힘겨워하는 그 등에 기쁨도 얹어줘야 한다.
그래야 오랜 세월 지치지 않고
나와 함께 갈 수 있는 것이다.

DAY 053

상처받은 자존심은
용서할 줄을 모른다.

<u>루이 뷔제</u>

스스로 굽힌 자존심이냐 남에게 상처받은
자존심이냐는 평생을
가느냐 안 가느냐의 문제이다.

자기 자신을 싸구려 취급하는 사람은
타인에게도 싸구려 취급을 받을 것이다.

윌리엄 해즐릿

이 세상 어느 곳을 다녀 봐도, 인류가 멸망하는
그날까지 우주에서 지금의 나는 단 한 명밖에
존재하지 않는다.
얼마나 귀중한 존재인가?
사랑받을 자격이 충분하고도 남음이 있다.

자존심에 상처를 주는 것은 자존심뿐이다.

프랑소아 페넬롱

자존심은 어떤 것이 그 본연의 모습이 되도록
하는 마지막 힘이 되기도 하지만 어느 순간에
아무짝에 쓸모없는 것일 수도 있다.

DAY 056

고난과 불행이 찾아올 때에,
비로소 친구가 친구임을 안다.

이태백

자신의 고난 속에서도 묵묵히 옆을 지켜준 친구가
좋은 친구라는 것은 너무나 맞는 말이다.
하지만 그렇지 않았다고 해서 모두 다 자신의
친구가 아니라는 생각은 무척 어리석은 생각이다.
그렇게 하지 못한 친구들의 상황을 정확히 알지
못하고 버린다면 좋은 친구를 버리는
짓일지도 모른다.

보지 않는 곳에서 나를 좋게 말하는 사람은
진정한 친구이다.

T. 풀러

나에게 나쁜 말을 했다고 말해도 그 친구는
그렇게 말할 친구가 아니라는 믿음이
생겨나기까지는 오랜 시간이 걸린다.
이것이 우정이다.

아버지는 보물이요, 형제는 위안이며,
친구는 보물도 되고 위안도 된다.

벤자민 프랭클린

친구는 항상 나의 빈 자리를 채워주는
존재이다. 나의 그 어떤 무엇이라도
될 수 있는 존재가 친구인 것이다.

나의 친구는 세 종류가 있다.
나를 사랑하는 사람,
나를 미워하는 사람,
그리고 나에게 무관심한 사람이다.
나를 사랑하는 사람은
나에게 유순함을 가르치고
나를 미워하는 사람은
나에게 조심성을 가르쳐 준다.
그리고 나에게 무관심한 사람은
나에게 자립심을 가르쳐 준다.

J. E. 딩거

친구는 모두가 나의 동반자임과
동시에 좋은 인생 스승이다.

DAY 060

무수한 사람들 가운데는 나와 뜻을
같이할 사람이 한둘은 있을 것이다.
그것으로 충분하다. 공기를 호흡하는 데는
들창문 하나로도 족하다.

로맹 롤랑

많고 적음에 열정을 쏟을 것이 아니라
한 사람의 마음속을 들여다보기 위해
힘을 모아야 될 것이다.

DAY 061

근심은 고통을 빌려가는
사람들이 지불하는 이자이다.

G. W. 라이언

오늘보다 나은 나의 모습을 원한다면
지나친 근심은 금물이다.

DAY 062

두려운 것은 죽음이나 고난이 아니라,
고난과 죽음에 대한 공포이다.

에픽테토스

오지도 않은 문제를 상상하면
두려움에 사로잡혀
아무 일도 하지 못한다.
공포에 사로잡힌 사람만큼
무기력한 사람은 없다.

두려움은 언제나
무지에서 샘솟는다.

R. W. 에머슨

살아가다 보면 처음 접해 보는 순간들이 많이
있다. 다 알고 나면 사실 아무것도 아닌 것들도
처음엔 어떻게 될지 몰라 당황하고 허둥대는
경우가 있다.
모든 것을 다 알 수 없지만 미지에 대한 두려움은
공부와 경험에 의해서 어느 정도 누그러뜨릴
수 있다. 아무것도 모르는 상태에서 시작하려면
그만큼 어려움이 따르기 마련이다.

DAY 064

지독히 화가 날 때에는 인생이
얼마나 덧없는가를 생각해 보라.

마르쿠스 아우렐리우스

잠깐의 명상이 사람을 겸손하게 한다.
내 뜻대로 되지 않고 너무 화가 날 때는 잠시
숨을 고르고 제3자의 자세로 들여다볼 필요가
있다. 내 입장뿐만 아니라 상대방의 입장도
객관적으로 살펴볼 여유를 가지게 될 것이다.

DAY 066

건강은 제일의 재산이다.

R. W. 에머슨

건강한 몸은 아무리 강조해도 지나치지 않다.
건강은 건강할 때 자만하지 말고 챙겨야지
그것을 잃고 난 후에는 아무리 후회해도
이미 늦어버린 것이다.

해로운 것은 숨겨진 분노이다.

L. A. 세네카

자신의 불만을 잘 이야기하지 않는 사람은
겉으로는 온순해 보이지만 언젠가 인내의
한계에 도달했을 때 활화산처럼 표출하기 때문에
주위 사람을 어리둥절하게 만드는 경우가
종종 있다. 이것은 바람직한 사회 생활은 아니다.
불만이 있을 때 그때그때 서로의 생각을 공유하는
것이 큰 불상사를 막는 지름길이다.

자연과 시간과 인내는 3대 의사다.

H. G. 보운

첨단 의료 시설에 살고 있지만 자연과 인내와
시간이란 의사는 변함이 없다.

건강한 사람은 자기의 건강을 모른다.
병자만이 자신의 건강을 알고 있다.

토머스 칼라일

건강한 사람은 자신의 건강에 자만하기
마련이다. 그러다가 병에 걸리면 그 소중함을
알게 되는 것이다. 그래서 건강은 건강할 때
더 관리를 해야 하는 것이다.

자신이 건강하다고 믿는 환자는
고칠 길이 없다.

H. F. 아미엘

건강해질 거라고 믿는 사람과
건강하다고 믿는 사람은 차이가 있다.
자신의 처지를 정확히 인지하고 의사의 처방을
정확히 따라야 빠른 시간에 병이 회복될 것이다.

고통은 천진난만한 자에게도
거짓말을 강요한다.

푸블릴리우스 시루스

처음부터 마음먹고 거짓말을 하는 사람은
그렇게 많지 않다. 상황과 여건이 사람을
그렇게 만드는 경우가 있다.
자신의 한계점에서도 올바른 생각을 가지는
것은 매우 어려운 일이다.

DAY 071

사람을 의심하거든 쓰지 말고,
사람을 썼거든 의심하지 마라.

명심보감

의심과 믿음의 차이는 내 사람이냐 아니냐인
것이다. 좋은 인재를 알아보지 못하고 쓰지
못한 것은 다시 쓰면 되지만, 자신의 의심으로
떠나버린 인재는 다시 돌아오는 법이 없다.

DAY 072

인간의 행실은 각자가 자기의 이미지를
보여주는 거울이다.

J. W. 괴테

지금 자기가 처한 상황은 모두 자기의 행동에
대한 역작용이다. 주위 환경을 탓할 시간에
자신을 갈고 닦는 데 힘써야겠다.

오늘이라는 날은 두 번 다시
오지 않는다는 것을 잊지 마라.

A. 단테

아무리 큰 뜻을 품은들, 오늘 하지 못하면
내일 하면 되지 라는 안일한 생각들이 하루 이틀
쌓이다 보면 처음에 가졌던 큰 뜻은 온 데 간 데
없어지고 그곳에 실패한 내 모습만 남게 된다.
절대로 시간은 돌이킬 수 없음을 명심하자.

DAY 074

가난은 많은 뿌리를 갖고 있다.
그러나 큰 뿌리는 무식이다.

<u>S. 존슨</u>

배우기를 게을리 하면 자신뿐 아니라 자식까지도
가난하게 살아가야 한다.
가난이 비난받을 것은 아니지만 그렇다고 운명도
아니다. 탈피하고자 하는 마음과 그에 맞는 행동이
뒤따른다면 탈출하지 못할 것도 아니다.

제일 안전한 피난처는
어머니의 품 속이다.

플로리앙

어느 날 천사가 죄를 지어 인간으로 태어나는데
하느님이 천사에게 말했다.
"네가 인간으로 태어나면 어떤 사람이 너를 위해
많은 희생을 할 것이다. 너의 모든 허물을 짊어질
것이고, 너의 모든 죄를 다 품에 안을 것이며,
심지어는 너를 대신하여 죽음도 불사할 것이다."
그러자 천사가 물었다.
"그 사람의 이름은 무엇입니까?"
하나님은 말했다.
"너는 그 사람을 '어머니'라고 부를 것이다."

DAY 076

절실히 필요로 하는 사람에게
베푸는 것이 최선이다.

이드리스 샤

세상 일들은 대부분 기량 차이라기보다는 얼마나
그것을 원하느냐 그렇지 않느냐에 일의 성패가
좌우되는 경우가 많이 있다.

DAY 077

실패는 고통스럽다. 그러나
최선을 다하지 못했음을 깨닫는 것은
몇 배 더 고통스럽다.

앤드류 매튜스

모든 운동 경기나 일들이 자신의 기량을 모두
보이고 실패한다면 후회는 없다.
하지만 자신이 가지고 있는 모든 것을 하지도
못하고 실패하는 것은 두고두고 가슴에 남는다.

DAY 078

버릇은 추억을 간직하고
있다는 증거이다.

콤테쎄 다이아네

헤어진 후에도 긴긴 시간을 아파하는 것은 습관이
남아 있어서이다. 함께 공유되어진 모든 것들에서
자유로워지기 위해선 시간이 약이다.

추억은 식물과 같다.
어느 쪽이나 다 싱싱할 때
심어 두지 않으면 뿌리를
박지 못하는 것이니,
우리는 싱싱한 젊음 속에서
싱싱한 일들을 남겨
놓지 않으면 안 된다.

샤를 생트뵈브

추억에 있어서 좋고 나쁨이 없다.
지난 시간은 그냥 추억일 뿐이다.
힘든 날도 있고 즐거운 날도 있지만 아무것도
하지 않은 사람에게는 뒤돌아보아도
그냥 막막한 사막밖에는 보이지 않는다.

결함이 나의 출발의 바탕이고,

무능이 나의 근원이다.

P. A. 발레리

결점을 보완해 나가는 과정이 인생이다. 하나하나
고쳐지는 내 모습은 스스로도 자랑스럽게
보일 것이다. 하지만 요즘 사람들 중에는 자신의
결함을 외면하는 경우가 많다.
이것은 마치 무엇이 고장났는지도 모르고 무조건
차를 고치려고 덤벼드는 정비사와도 같다.

DAY 081

운명은 그 사람의 성격에 의해서
만들어진다.
그리고 성격은 그 사람의 일상생활의
습관에서 만들어진다.

토머스 데커

자신의 미래는 자신에게 달려 있다. 좋은 습관
하나가 먼 미래의 큰 성공이 될 수 있다.
어려서부터 나쁜 것에 현혹되지 말고
좋은 습관을 길러 나가야 한다.

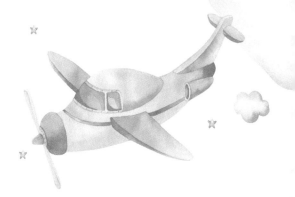

천재라는 것은 참을성을 갖춘 위대한 소질에 불과하다.

G. L. 뷔퐁

단 한 번의 시도로 좋은 결과를 돌출하기는
거의 불가능하다. 반복되는 실패 속에서만이
항상 좋은 결과가 나오기 마련이다.
문제는 포기하면 그 결과는 아무것도
없다는 것이다.

집이 많은 개일수록
큰소리로 짖는다.

대니얼 웹스터

말 많은 사람 치고 아는 게 적고, 큰 소리 치는
사람 치고 이행하는 사람 없다.

부모의 좋은 습관보다
더 좋은 어린이 교육은 없다.

찰스 슈와브

자신도 모르게 하는 나쁜 것들을 어린이들은
무작정 따라하게 된다.
좋은 학원을 보낼 게 아니라 부모들이
먼저 좋은 습관을 가져야 한다.

자녀에게 회초리를 들지 않으면,
자녀가 부모에게 회초리를 든다.

토머스 풀러

자식을 사랑하는 마음은 어느 부모나
마찬가지이다. 어느 부모가 자식이 미워서 혼내는
사람이 있겠는가? 세상에 나가 훌륭한 사람이
되기를 원한다면 잘못을 따끔히 알려주는
지혜가 필요하다. 그렇지 않으면 사회에 나가서
다른 사람에게 지적을 받는다.

안락한 가정은 행복의 근원으로,
그것은 바로 건강과 착한 양심
그 다음에 위치한다.

S. 스미드

지친 몸과 마음을 충전할 수 있는 곳은 가정이다.
가정이 평온하지 못하면 언제나 방전 직전의
몸으로 일을 할 수밖에 없다. 그런 심신으로는
어떤 일을 해도 좋은 결과를 얻지 못할 것이다.

저울의 한쪽 편에 세계를 실어 놓고
다른 한쪽 편에 나의 어머니를 실어 놓는다면,
세계의 편이 훨씬 가벼울 것이다.

랑구랄

공부 안 한다고 늘 잔소리 하시고,
첫 월급을 갖다 드렸을 때는
일확천금이라도 벌어온 것처럼
기뻐하시고, 사업을 시작한다고 했을 때
적금을 깨서 조용히 건네주시고,
회사가 부도가 났을 때 가만히 나를 안아 주시고,
내가 결혼할 때는 눈물을 훔치시고,
나이가 들어 어머니를 안아드리러 갔지만
이제는 자리에 없으시네. 조금만 서두르자.
한번 안아드리지 못하는 것이
평생 마음에 짐이 된다.

DAY 088

쾌락의 궁전 속을 거닐지라도
초라하지만 내 집만한 곳은 없다.

J. H. 페인

아무리 좋은 음식도, 화려한 집도
마음이 불편하면 가시방석과도 같다.
우리 마음을 가장 편하게 하는 것은
자신의 집이다.

DAY 089

한 아버지는 열 아들을 기를 수 있으나,
열 아들은 한 아버지를 봉양하기 어렵다.

독일 격언

자식에 대한 부모의 사랑은 그 어떤 불순물도
없는 사랑 그대로의 사랑이다.

아버지에게 손찌검을 하는
아들을 둔 아버지는
누구나 죄인이다.
자기에게 손찌검을 하는
아들을 만들었기 때문이다.

C. 페기

요즘 뉴스에서 부모님을 죄인으로 만드는
자식들을 심심치 않게 볼 수 있다.
언젠가 자신의 자식들에게 똑같은 경우를
당하지 않으리라는 보장이 없다.

인간을 지력으로만
교육시키고
도덕으로
교육시키지 않는다면
사회에 대하여
위험을 기르는 것이 된다.

프랭클린 D. 루스벨트

국가의 요직에 있는 사람들의 인사 청문회를
보면 도덕성이 결여된 지력이 얼마나 주위
사람들을 허탈감에 빠지게 하고, 이 사회의
중심을 흔들리게 하는지 여실히 보여준다.

DAY 092

재물은 생활을 위한 방편일 뿐
그 자체가 목적이 될 수는 없다.

I. 칸트

수단임에도 목적과 혼동되기 쉬운 것 중에
하나가 재물이 아닌가 싶다. 처음에는 어떤
목적을 위해서 돈을 벌지만 시간이 지나면서
돈 자체가 목적이 되는 경우가 있다.
재빨리 자신을 추스르고 인생의 먼 곳을 바라
볼 수 있는 자기만의 개념 정리가 필요하다.

DAY 093

빈곤은 재앙이 아니라 불편이다.

J. 플로리오

남들에 비해서 좀 더 노력하면
가난도 탈피할 수 있다.

거짓말을 하지 마라. 부정식하기 때문이다.
모든 진실을 다 이야기하지 마라.
불필요하기 때문이다.
그렇다. 때와 장소에 따라서는
거짓말이 진실보다 좋을 때가 있다.

로저 애스컴

습관적으로 거짓말을 하는 사람은
주위 사람들에게 신뢰를 얻지 못한다. 하지만
인생을 살아가면서 한 번도 거짓말을 하지 않는
사람은 생각하지도 못한 곤경에 빠질 때가 있다.
상황에 따라 말을 돌려서 할 필요도 있다.

백 권의 책에 쓰인 말보다
한 가지 성실한 마음이
더 크게 사람을 움직인다.

벤자민 프랭클린

말 많은 사람치고 행동이 따라가는 사람이
극히 드물다. 말하기 앞서 묵묵히 자기 할 일을
한다면 주위에 평판이 좋아질 것이다.

거짓은 거짓으로,
성심은 성심으로 보답된다.
상대방의 성심을 바라거든
이쪽에서도 성심을 표시하라.

토마스 만

집안에서 키우는 강아지도 자기를 미워하는
사람과 좋아하는 사람은 구분할 줄 안다.
하물며 사람이야 오죽하겠는가?
상대방에게 무엇인가를 바란다면 내가 먼저
그렇게 해주는 것이 옳은 일이다.

DAY 097

말은 마음의 초상이다.

J. 레이

아무렇지도 않게 내뱉은 자신의 한 마디 말이
다른 사람에게 죽을 만큼의 상처가 될 수 있음을
명심하여 말 한 마디 한 마디에도
신경을 써야 한다.

DAY 098

말을 많이 한다는 것과
잘한다는 것은 별개이다.

소포클레스

아이들의 귀에 쏙쏙 들어오도록 가르치는
선생님이 꼭 학식이 높은 사람은 아니다.
많이 아는 것과 잘 가르치는 것은 다른
문제이다.

DAY 099

말도 아름다운 꽃처럼
그 색깔을 지니고 있다.

E. 리스

나이가 들어감에 따라 그윽히 풍기는 그 사람만의
향기가 있다. 이것은 대부분 그 사람의 말에
의존하는 경우가 많다.

DAY 100

악행은 덕행보다 언제나 더 쉽다.
그것은 모든 것에 지름길로 가기 때문이다.

S. 존슨

나쁜 것에 대한 유혹은 누구에게나 있다.
하지만 그것을 하느냐 마느냐는 순전히
자기 절제에 달려 있다.

DAY 101

술잔과 입술 사이에는
많은 실수가 있다.

팔다라스

적당한 음주는 건강을 유지하는 비결이지만
지나친 음주는 나와 가족을 망치는 지름길이다.

DAY 102

너에게 명예가 오면 기꺼이 받으라.
그러나 가까이 있기 전에는
붙잡으려고 손을 내밀지 마라.

J. B. 오라일리

어떤 대가든지 바라고 행하면 부작용이
생기게 마련이다.
열심히 일하고 대가는 거기에 따라가는
형태가 가장 좋은 현상이다.

DAY 103

사람은 자기가 한 약속을 지킬 만한
좋은 기억력을 가져야 한다.

F. W. 니체

습관적으로 약속을 어기는 사람은 언젠가
다른 이들에게서도 똑같은 경우를 당할 것이다.

DAY 104

이미 해놓은 약속은 반드시
지불해야 할 부채이다.

R. W. 서비스

어떤 약속이건 내 입으로 한 약속은
그것을 지킬 때까지는 마음의 빚으로 남아 있다.
빚이 많이 있으면 세상 살아가는 데
그만큼 마음의 고통일 뿐이다.

약속을 잘하는 사람은
잊어버리기도 잘한다.

T. 플러

약속을 남발하는 사람은 어느 것이든 못 지킬
때가 있다. 그것이 기억을 못해서 그렇든 상황이
그래서 못 지키든 문제가 되는 것은 마찬가지이다.

비통 속에 있는 사람과의
약속은 가볍게 깨진다.

J. 메이스필드

어려움 속에 있는 사람들은 정확한
판단을 하기가 어렵다.
그것을 이용해 무리한 약속을 강요하고
그것을 지키라고 하는 것은 나쁜 짓이다.

DAY 107

가르친다는 허영심은

때로는 인간으로 하여금

자신이 바보라는

사실을 잊도록 유도한다.

핼리팩스

누군가를 가르치면서 겸손하기는 매우 힘들다.

그래서 더욱더 존경받을 만한 것이다.

DAY 109

구해서 얻은 사랑은 좋은 것이다.

그러나 구하지 않고 얻은 것은 더욱 좋다.

W. 셰익스피어

사랑은 하고 싶다고 해서 되는 것도 아니고,

하지 말자고 해서 안 되는 것도 아니다.

자연스러운 현상이 가장 좋은 것이다.

세 사람이 걸어가면 반드시
나의 스승이 있다.

공자

훌륭한 스승을 모시기 위해 많은 시간을 기다릴
필요도, 먼 곳을 찾아다닐 필요도 없다.
지나가는 모든 사람들과 세상 모든 사물들이
좋은 스승인 것이다.
아무리 하찮은 물건이라도,
경멸하는 인간일지라도 배울 점은
항상 있는 법이다.

DAY 110

내 사전에 불가능이란 없다

나폴레옹

불가능한 것은 가능하기 때문에 존재하는 것이다.
너무 쉽게 이루어지면 재미가 없을까 싶어
신이 만들어 놓은 일종의 놀이인 것이다.

DAY 111

우리를 피로하게 하는 것은 사랑이나
죄악 때문이 아니라 지나간 일을
돌이켜 보고 탄식하는 데서 온다.

앙드레 지드

내 인생의 뒤를 추억해 보면 그땐 내가
왜 그랬을까? 하는 후회들이 연속되어진다.
하지만 그것들이 모여 지금의 자신이 있는 것이다.
모두 사랑하지 않으면 앞으로 발전은 없다.

충고는 남이 모르게,
칭찬은 여러 사람
앞에서 해야 한다.

푸블릴리우스 시루스

상대방을 칭찬할 때에는 쩨쩨하게 인색할 필요는
없다. 많은 사람 앞에서 화끈하게 칭찬해 주는 것이
칭찬을 받는 사람에게 효과가 가장 클 것이다.
하지만 충고는 때와 장소, 그리고 상대방의 상황을
정확하게 알고 하는 것이 좋다.
상대방의 자존심을 다치게 하지 않고 나의 충고가
상대방이 좀 더 좋은 방향으로 이끄는 데 목적이
있다는 것을 명심해야 한다.

강에서 물고기를 보고 탐내는 것보다
돌아가서 그물을 짜는 것이 옳다.

예악지

우리 주위에는 성공한 사람들이 많이 있다.
하지만 우리는 그 사람들을 부러워만 하고
있어서는 안 된다. 조용히 자기 할 일을 하고
기회를 기다리는 것이다.

고귀한 일은 모두 처음에는
'불가능한 일'로 보인다.

토머스 칼라일

남들이 해 놓은 일들에 대한 평가는
누구나가 할 수 있는 아주 쉬운 일이다.
하지만 그 일을 처음 시작하는 사람은 극히 드물
뿐더러 아무도 가능하다고 생각하지도 않는다.

DAY 115

만일 그대가 분에 넘치는
수입을 얻었다면,
그때 누군가가 일을 하고도
보수를 못 받은 자가 있다.

메므드위

노력한 것보다 높은 것을 성취하는 것은
남의 이익을 가로채는 것과 다름이 없다.
다른 이의 노력이 나의 행운이 되는
경우가 이 사회에는 종종 일어난다.

DAY 116

진정한 행복을 만드는 것은
수많은 친구가 아니며,
훌륭히 선택된 친구들이다.

벤 존슨

친구가 많은 사람이건 그렇지 못한 사람이건
자신이 어려울 때 휴식과 위안을 줄 친구의
숫자는 거의 비슷하다. 친구가 많다고 해서
더 많은 더 큰 위안이 될 수 있을 거라는 건
큰 착각이다. 정말 큰 위안을 받을 수 있는 건
친구의 숫자가 아니라 진심으로 자신을 위해 주는
친구가 있느냐에 달려 있다.

DAY 0117

열매를 맺지 않는 꽃은 심지 말고,
의리 없는 벗은 사귀지 마라.

명심보감

의리가 있고 없고는 한두 해 사귀면서 나타나는
게 아니다. 자의적 판단으로 오직 자신의 이익에
비춰 친구의 의리를 판단하는 것도 금물이다.
이것은 도리어 상대방의 정리대상 1순위가 되는
경우이다.

삶의 어두운 길을 인도하는
유일한 지팡이는 양심이다.

<u>H. 하이네</u>

아무리 흉악한 범죄자라도 마지막 양심은 있는
법이다. 양심도 없는 사람은 인간이길 포기한
사람들이다.

햇빛이 있는 동안
건초를 만들어라.

<u>M. D. 세르반테스</u>

유년시절엔 아무 생각 없이 마음껏 놀아보고,
학교에 다니면서 열심히 공부하고,
사회에 나가서는 땀 흘려 일을 해야 한다.
그 시절에 할 수 있는 일을 하지 않으면
그 시간은 두 번 다시 오지 않는다.

용서가 최고의 복수이다.

조시 빌링스

용서란 상대방의 행동에 대한 무기력한 굴복이
아니다. 그런 것들조차 품을 수 있는 내 마음의
깊이를 측정해 보는 적극적인 행동의 발현인
것이다. 한 번의 용서가 다른 이의 미래에 후회와
또 다른 용서가 잉태되는 것이다.

정치꾼은 다음번 선거를 생각하고,
정치가는 다음 세대의 일을 생각한다.

제임스 크라크

해방 이후 눈부신 경제 성장과 더불어 정치도
많은 발전을 해왔다. 이제 우리에게도 존경할 만한
정치가가 한 명쯤은 나올 때도 된 것 같은데
우리 앞에 놓인 현실은 깜깜한 것이 국민들에게
좌절만 안기고 있다.

정치와 돈과 부패는
한통속이다.

월터 리프먼

정치가 있는 곳에 돈이 있고 돈이 있는 곳에
부패가 있다. 더더욱 슬픈 것은 사람이 있는 곳에
정치가 없을 수 없다는 것이다.
그렇다고 무관심하다면 부패는 치유되지 않는다.
이럴 때일수록 좀 더 관심을 가지고 참여해
야 더 이상 곪아지는 것을 방지할 수 있다.
영원히 완전히 치유될 수는 없지만 조금씩이라도
회복될 수 있도록 우리 모두 관심을 갖고
노력해야 한다.

만일 사람이 확신을 가지고
무엇인가를 시작한다면
의혹으로 끝날 것이다.
그러나 의혹을 가지고 시작한다면
확신으로 끝날 것이다.

베이컨

한치 앞도 알 수 없는 내일은 미리 생각할
필요가 없다.
넘겨짚어 생각하는 그 마음이 자칫 일을 잘못된
방향으로 가게 하는 경우가 많이 있다.
그럴 바에야 최악을 생각하고 일을 시작하는 것이
좀 더 좋은 결과를 얻게 된다.

DAY 125

악은 즐거움 속에서도 괴로움을 주지만,
덕은 고통 속에서도 우리를 위로해 준다.

칼렙 C. 콜턴

넉넉하지 못하지만 내가 가진 것을 나눠주면서
행복함을 느끼는 사람들의 생각은
나누지 못한 사람은 도저히 이해할 수 없다.
그 행복은 이 세상 그 어떤 행복보다 위대하고
쉽사리 사라지지도 않는다.

DAY 126

사람이 얼마나 행복한가는
그의 감사의 깊이에 달려 있다.

존 밀러

지금 내가 누리고 있는 이 행복이 모두 자신의
노력만으로 이루어졌다고 생각하는 것은
이 세상을 혼자 살아가겠다고 말하는 것과
같은 것이다.
주위 사람들이 있어 내 행복이 있음을
명심해야 할 것이다.

DAY 127

인간은 생각하는 것이 적으면 함부로 지껄인다.

몽테스키외

아무 말이나 입에서 나오는 대로 내뱉어서
주위 사람들에게 상처를 주는 사람들이 있다.
솔직한 성격 탓에 그런다고 말하지만 사실은
머리 속에서 생각의 폭이 좁거나
생각의 양이 적어서 그렇게 말하는 것이다.

DAY 129

사람들이 당신에 대해서 악평을 한다면
아무도 그들의 말을 믿지 않도록 살아라.

플라톤

거친 폭풍우에도 쓰러지지 않는 굳건한 신뢰를
쌓는 것은 하루아침에 되는 것이 아니다.
오랜 시간에 걸쳐 올바른 행동이 반복되어질
때만이 가능한 것이다.

나를 화나게 하는 것은
당신이 거짓말을 했다는 사실이 아니라
이제 내가 당신을 믿을 수 없게
되었다는 사실이다.

F. 니체

신뢰가 쌓이는 것은 짧은 시간에 되는 것도
아니고, 그렇다고 긴 시간을 공유했다고 되는
것은 결코 아니다. 그리고 서로에게 신뢰가
생겼다고해도 사소한 거짓말을 하면 자신이
애써 쌓은 믿음은 한순간에 무너져 버린다.

DAY 130

우선 겸손을 배우려 하지 않는 자는
아무것도 배우지 못한다.

O. 메러디드

배우려고 하는 사람은 자신이 아무것도 모른다는
것을 정확히 인지해야만 가르치는 것에 대하여
가감 없이 받아들일 수 있다. 어설프게 알고 있는
사람은 좋은 것을 가르쳐줘도 받아들일 만한
마음의 공간이 없는 것이다.

DAY 131

조금밖에 모르는 사람이 말이 많다.
많이 아는 사람은 침묵을 좋아한다.

J. J. 루소

말이 많기 때문에 조금 아는 것이 아니다.
아는 것이 없어서 떠드는 것이다.

거만한 사람은 타인과 거리를 둔다.
그런 거리에서 보면 타인이 자신에게는
작게 보이기 때문이다.
그러나 결국 자기 자신도 그들에게
작은 크기로 비춰진다는 것을 잊고 있다.

칼렙 C. 콜턴

이 세상은 혼자 살아갈 수는 없다. 자신이
이루고자 하는 거의 모든 것들은 크건 작건
주위의 도움으로 이루어지는 경우가
대부분이다. 더불어 살아가지 못하면
그 어떤 성공도 보장될 수 없다.

DAY 133

마음에도 없는 말을 하기보다 침묵하는 쪽이
차라리 그 관계를 해치지 않을지도 모른다.

M. D. 몽테뉴

슬픔에 빠진 사람에게는 위로의 말 몇 마디
건네는 것보다 그냥 옆에 있어 주는 것이 좋다.
때때로 말은 자신이 의도하지 않은 방향으로
이해될 때도 있다는 것을 명심하자.

DAY 134

목재는 마를 때까지, 지식은 숙달이 될 때까지
제멋대로 써서는 안 된다.

홉스

세상에서 가장 일하기 어려운 사람 중에 하나는
어설프게 아는 사람이다. 모르면 따라가기라도 하는데
어설프게 아는 사람은 제대로 아는 사람의 발목을
잡는 경우가 많이 있다. 이런 사람이 직장
상사라면 일하기가 더더욱 어렵다.

PART 2

깊이 느끼고,
단순하게 즐기고,
자유롭게 생각하고,
도전하라

인생은 반복된 생활이다.
좋은 일을 반복하면 좋은 인생을,
나쁜 일을 반복하면

불행한 인생을 보내는 것이다.

W. NL. 영안

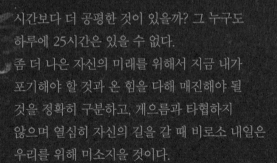

시간보다 더 공평한 것이 있을까? 그 누구도
하루에 25시간은 있을 수 없다.
좀 더 나은 자신의 미래를 위해서 지금 내가
포기해야 할 것과 온 힘을 다해 매진해야 될
것을 정확히 구분하고, 게으름과 타협하지
않으며 열심히 자신의 길을 갈 때 비로소 내일은
우리를 위해 미소지을 것이다.

인생의 위대한 목표는
지식이 아니라 행동이다.

올더스 헉슬리

머리 속에 아무리 좋은 생각이 떠올라도
실현할 수 있는 힘이 없다면 아무 소용이 없다.
성공하는 사람들을 보면 나와 크게 차이가 없는
꿈을 꾸었으며 비슷한 목표를 가지고 있다는
것을 알 수 있다. 문제는 그것을 얼마나
실현할 수 있느냐에 달려 있다.
작지만 절대 작지 않은 그런 일부터 시작하자.
오늘 할 일을 절대 내일로 미루지 않는 것이다.

인생은 한 권의 책과 같다.
어리석은 이는 그것을
마구 넘겨 버리지만,
현명한 인간은 열심히 읽는다.
단 한 번밖에 인생을
읽지 못한다는 것을
알고 있기 때문이다.

장 파울

좀 더 두꺼운 책이라면, 다시 읽을 수 있다면
얼마나 좋을까? 하지만 인생은 생각하는 것처럼
그렇게 길지도 않고 절대로 되돌릴 수도
없는 것이다.
자신에게 주어진 지금 이 순간은 영원히 다시
오지 않는다. 내일 죽을 것처럼 오늘을 살아야
하는 것이다.

지나치게 숙고하는 인간은
큰일을 성취시키지 못한다.

프리드리히 실러

성공하고 싶다면 생각을 많이 하지 않는 것이
가장 바람직하다.
가야 할 길을 모두 정리해놓고도 늘 주저하며
한 걸음도 떼지 못하는 어리석음을 범하지
말아야 한다.
생각은 짧게 하고 실패를 두려워하지 말고 실천에
옮겨보자. 그러면 발전한 자신의 모습을 볼 수
있을 것이다.

참나무가 더 단단한 뿌리를
갖도록 하는 것은
바로 사나운 바람이다.

조지 허버

시련이 닥치면 우선 드는 생각은 주위 사람들은
모두 행복해 보이는데 왜 나한테만 이런 고통이
올까 하고 원망을 한다. 그러나 거의 모든
사람들의 행복은 그 고난을 포기하지 않고
슬기롭게 대처해 온 세상의 보답이란 걸
잘 알지 못한다.
인생을 살아가면서 시련은 객관적으로 누구의
것이 더 큰가보다 자신에게 닥쳐온 시련이
가장 크고 힘든 법이다.
시련 앞에 조금씩 당당해지는 자신의
모습을 찾도록 노력해야 한다.

한 사람의 진실한 친구는

천 명의 적이 우리를 불행하게 만드는

그 힘 이상으로

우리를 행복하게 만든다.

에셴 바흐

인생을 살아가면서 나의 곁을 항상 지켜주는
사람들이 있다. 오른쪽에는 가족이라는 이름의
사람들이 있고, 왼쪽에는 친구라는 이름의
사람들이 있다. 이 사람들은 나의 모든 즐거움과
고난을 함께한다.
또한 가족은 나의 의지와는 상관없이 곁을
지켜주지만 진실된 친구가 옆에 있고 없고는
순전히 내가 어떻게 하느냐에 달려 있다.
주위를 둘러보면 오른쪽만 기대어 가는
사람들이 많이 있다.

한 번의 실패와 영원한 실패를
혼동하지 마라.

F. 스콧 피츠제럴드

작은 성공에 너무 들떠서 다른 일을 망각하는
것은 매우 어리석은 짓이지만 한 번의
실패가 곧 세상의 끝인양 생각하는 것은
더욱더 어리석은 짓이다.
내 앞에 놓인 시련들이 도저히 자신의 힘으로
넘기 힘든 실패라 해도 지금 주위 사람들
모두 다 그런 실패를 겪어내고 그 자리에
있다는 것을 명심해야 한다.

행운은 마음의 준비가 있는
사람에게만 미소를 짓는다.

L. 파스퇴르

기회가 오지 않는다고 한탄하는 사람들의
대부분은 왔던 기회를 알아보지 못한 경우다.
기회를 알아보고 그것을 자신의 것으로 만들기
위해서 우리는 많은 준비를 해야 한다.
준비가 되어 있다는 것은 평생을 자신에게 올
행운을 기대하며 허송세월을 하는 것이 아니다.
자기 앞에 놓인 일을 열심히 하고 자기 계발에
게으르지 않으며 작은 실패에 포기하지 않고
묵묵히 자신의 길을 가다 보면, 자연스럽게
행운도 찾아오고, 그것이 촉매제가 되어
자신의 인생이 더욱더 윤택해질 수 있다.

순간을 지배하는 사람이
인생을 지배한다.

에센 바흐

모두들 성공하고 싶고, 명성을 떨치고 싶은
마음이 있지만 정작 오늘은 하찮게 여긴다.
아무렇지도 않게 빈둥빈둥 보낸 오늘이
바로 자신들의 미래를 결정짓는다는 것을
깨닫지 못하는 것이다.
지금 이 순간을 알차게 쓰면 그것들이 모이고
모여 우리가 원하는 미래가 될 것이다.

사막이 아름다운 것은
어딘가에 물을
숨기고 있기 때문이다.

앙투안 드 생텍쥐페리

실패는 성공의 비슷한 말이며, 포기하는 사람이
실패자인 것이다. 희망을 버리지 않고 자기 앞에
놓은 시련들을 이겨나가다 보면 언젠가
좋은 날이 있기 마련이다.
인생의 어디쯤인가에 성공의 오아시스가
있다는 것은 분명한 사실이다.
그것은 찾기 위해 노력하는 사람의 눈에만
보이는 것임을 알아야 한다.
절대 게으르고 포기하는 사람에게는 보이지
않는다.

인간의 죽음은
패배했을 때가 아니라
포기했을 때에 온다.

리처드 닉슨

우리가 무엇인가를 할 때는
과거 일들의 연장선에서의 한 갈래이다.
실패와 성공은
그저 다른 일을 시작할 때의 출발점일 뿐이다.
한 번 성공했다고 해서 인생 전체가 모두
성공한 것도 아니고, 한 번 실패했다고 해서
인생이 끝장나는 것도 결코 아니다.
정말로 위험하고 어리석은 짓은 포기했을
때이다. 그 뒤에는 아무것도 없는 상태가
되어 버리는 것이다.

실패란 성공이라는 진로를
알려주는 나침반이다.

데니스 윌트리

행복으로 가는 나침반의 양쪽에 실패와 성공의
엔(N)극과 에스(S)극이 있다.
성공하면 성공한 대로, 실패하면 실패한 대로
모두 행복으로 가는 일련의 과정이기 때문이다.

DAY 147

살면서 미쳤다는 말을 들어보지
못했다면 너는 단 한 번도 목숨 걸고
도전한 적이 없던 것이다.

<u>W. 볼튼</u>

사랑도 일도 세상은 우리에게 모든 것을 걸기를
원한다. 실패와 성공의 차이는 어쩌면 간절함의
차이일지도 모를 일이다. 살아가면서 모든 일에
항상 자신의 모든 것을 걸 수는 없지만
자기가 좋아하는 것에 대해서 한 번쯤 미쳐 봐도
좋을 것이다.

오래 살지 못할 것이라는
예상이 나로 하여금
더 열심히 살게 하고,
더 많은 일들을 하도록 했다.

스티븐 호킹

나이가 들어 인생을 되돌아보면 남들보다 열심히
공부한 것도 아니고 그렇다고 제대로 놀아본 것도
아닌 것 같은 생각이 든다. 문제는 노는 것도
공부한 것도 뭐 하나 후회하지 않을 정도로
해본 것이 없다는 것이다.
내일 죽을 것처럼 오늘을 살아야 한다.

나비 날갯짓이 수만 마일
떨어진 곳의 날씨를
변화시킨다.
우리 행동 가운데
중요하지 않은 것은 없다.

글로리아 스타이넘

사람들은 모두 성공하고 싶은 마음이 있지만
정작 오늘 아무렇게나 보내고 있는 시간이
얼마나 중요한 순간인지 인식하지 못한다.
자신이 그토록 원하는 꿈을 이루기 위해서
가장 먼저 생각해야 되는 것은
지금 이 순간임을 명심해야 한다.
오늘을 내 것으로 만들지 못하면 절대 좋은
미래는 없을 것이다.

인생이란 원래 공평하지 못하다.

그런 현실에 대하여

불평할 생각 하지 말고 받아들여라.

빌 게이츠

딱 하나 절대 공평한 것이 있다. 시간이다.

그 어떤 누구도 하루 25시간은 있을 수 없다.

우리가 공평하지 못하다고 생각하는 것은

오직 자신의 행동으로 인해 파생되는 것들임을

알아야 한다.

항구에 머물 때 배는
언제나 안전하다.
그러나 그것은 배의
존재 이유가 아니다.

존 A. 셰드

꿈이 없으면 목표가 없고 목표가 없으면 도전하지
않는다. 도전하지 않으면 실패도 성공도 아무것도
생겨나지 않는 것이다. 하지만 최소한의
생명 유지를 위해서는 밥은 먹어야 한다.
이것은 개나 돼지의 생활과 비슷하다.

가장 본받아야 할 인생은
한 번도 실패하지 않은 것이 아니라
실패할 때마다 조용히,
그러나 힘차게 일어서는 것이다.

L. N. 톨스토이

어떤 상황에서든 포기하지만 않으면 답은
구할 수 있다. 인생에서 실패를 맛보지 않은
사람은 단 한 명도 존재하지 않는다.
성공한 사람들은 실패하지 않은 사람이 아니라
많은 실패 속에서도 굴하지 않고 굳건히 일어나서
다시 시작하는 사람들이다. 성공보다는 실패에서
인생의 지혜를 더 많이 배울 수 있기 때문이다.

위대한 사람은 단번에 그와 같이
높은 곳에 뛰어오른 것이 아니다.
동반자들이 밤에 단잠을 잘 적에 그는 일어나서
괴로움에 이기고 일에 몰두했던 것이다.
인생은 자고 쉬는 데 있는 것이 아니라
한 걸음 한 걸음 걸어 나가는 속에 있다.

로버트 브라우닝

자신이 원하는 미래를 이루기 위해 지금 하고
있는 일들이 무척 하잘것없이 보일지라도 인내를
가지고 하지 않으면 안 된다. 주위를 둘러보면
모두 자기 자신보다 훨씬 행복해 보이고 힘든
순간 포기의 유혹도 곳곳에 도사리고 있지만 결코
단념해서는 안 된다. 인생에서는 조금을 얻기 위해
많은 것을 희생하도록 권유하는 경우가 많이 있다.
필요하다면 먹지도 자지도 말아야 한다.
그래야만 자신이 원하는 꿈에 도달할 수 있는
가능성이 그만큼 커지는 것이다.

큰일을 이루기 원한다면
우선 자기를 이겨라.
자신을 이기는 것이 가장 큰 승리이다.

드러먼트

살아가다 보면 자기와의 약속이 얼마나
지키기 어려운지 알 것이다.
자기 자신에게 했던 모든 약속들 중에 1%만
지킨다면 모두 다 위인이 될 것은 분명하다.
지금부터라도 스스로 다짐했던 일들을
반드시 지키도록 노력해 보자.

DAY 155

하찮은 위치에서도 최선을 다하라.

말단에 있는 사람만큼 깊이 배우는 사람은 없다.

S. D. 오코너

처음이 없고 끝도 없다. 누구나 처음부터
잘하거나 높은 위치에 있을 수는 없는 것이다.
자신이 위치한 그 자리에서 최선을 다 해야
더 높은 위치도 보장받을 수 있다.

DAY 156

자신의 욕망을 극복하는 사람이
강한 적을 물리친 사람보다 위대하다.

아리스토텔레스

살아가면서 자신이 하고 싶어 하는 일보다 해야
할 일들이 너무 많다는 것을 알게 될 것이다.
정말 하기 싫은 일도 필요하다면
웃으면서 할 수 있는 내공을 키워나가야
만 진정한 인생의 승리자가 될 것이다.

자신의 불건전한
내부와
싸움을 시작할 때
사람은 향상된다.

데일 카네기

항상 발전하고, 매일매일 새로운 인생을
살고 싶은 사람은 자신과 싸워라.
탐욕과 이기심 같은 나쁜 것들로부터의 싸움은
늘 자기를 건강하게 가꾸어 나가는 길이다.

DAY 158

실패한 사실이 부끄러운 것이 아니다.
도전하지 못한 비겁함은 더 큰 치욕이다.

로버트 H. 슐러

"그때 그걸 했어야 됐는데……" 하며
한 번씩은 생각해 본 적이 있을 것이다.
아니면 "그래 안 하길 잘했어."
이런 생각도 해 본 적이 있을 것이다.
둘 다 모두 성공과 실패 뒤에 얻어지는
참다운 교훈은 알지 못한 것이다.

훌륭한 인간의 두드러진 특징은
쓰라린 환경을 이겼다는 것이다.

L. 베토벤

누구에게나 시련은 찾아오기 마련이다. 하지만
아무리 큰 시련이 와도 자신의 능력을 믿고
불굴의 의지로 그것을 뛰어넘는 사람은
꿈을 이루는 사람이 될 것이고,
그 자리에 주저앉아 버리면 인생의
실패자가 될 것이다.
자신에게 찾아온 시련들이 세상에서
가장 큰 것이라고 생각하겠지만
그것은 누구에게나 찾아오는
정도의 시련임을 명심하자.
포기할 만한 시련이라고 자기 합리화에
한 번 빠지게 되면 그 어떤 시련도 넘을 수 있는
용기가 점점 사라지게 된다.

패배란 우리를 한층 높은 단계에
이르게 하는 교육이다.

웬델 필립스

성공했을 때는 잠시 잠깐의 희열은 느낄 수
있지만 정작 실패했을 때에 더욱더 값진 배움을
얻는다. 무엇인가를 시작하기에 다시 실패할 수
있다는 약간의 두려움만 없애고 나면 자기 자신이
좀 더 성숙되어짐을 느낄 수 있을 것이다.
사실 성공이란 수없이 많은 실패의 부산물이라고
해도 과언이 아니다. 그렇게 얻어진 성공이야말로
진정 자기 자신에게 큰 영광이고
오래 지속될 수 있다.

두려움은 언제나
무지에서 샘솟는다.

R. W. 에머슨

마술을 보면 어떻게 저런 일이 가능할까 하고
신기해 한다. 하지만 그 비밀을 알게 되면
너무 싱거운 것들이 많이 있다.
세상에는 알고 나면 아무것도 아닌 것들이
많이 있다.
두려움을 벗어나는 가장 좋은 방법은
많이 배우고 또 배우는 것이다.

DAY 162

고생보다 더 중요한 교육은 없다.

지스레지

고난과 역경을 뛰어넘는 방법은
세상 어디에도 없다. 자기 자신이 스스로
한계를 넘는 수밖에 없다.
단 한 번의 극복으로도 학교에서 배운 지식의
모든 양을 배운 거와 다름이 없다.

DAY 163

나는 죽음을 겁내지 않는다.
다만 의무를 다하지 않고 사는 것을 겁낸다.

하운드

모든 사람들이 다 같은 것은 아니지만
어떤 사람들에게는 인간의 가치를 삶과
죽음보다 더 중요하게 생각하는 사람도 있다.

언제까지고 계속되는 불행은 없다.
가만히 견디고 참든지 용기를 내 쫓아버리든지
이 둘 중의 한 가지 방법을 택해야 한다.

로맹 롤랑

행복도 불행도 영원히 지속되지는 않는다.
행복하다고 자만하지 말고 불행하다고
낙담만 하고 있을 필요는 없다.

빈곤은 가난하다고 느끼는 데서 존재한다.

R. W. 에머슨

작은 생각의 차이가 때때로 자신도 모르는
자기 혁명을 가져올 때가 많다.
자신의 처지를 비관하지 않고 열심히 노력한다면
멀지 않은 날에 영광이 찾아 올 것이다.

그대의 것이 아니거든
보지 마라!
그대의 마음을 흔드는
것이라면 보지 마라!
그래도 강하게 덤비거든,
그 마음을 힘차게
불러일으켜라!
사랑은 사랑하는 자에게
찾아갈 것이다.

J. W. 괴테

사랑하는 마음은 자기가 아무리 부정하려
해도 어쩔 수가 없다. 차라리 그 속에
빠져드는 편이 더 낫다.

희망이 없는 사랑을
하고 있는 자만이
사랑을 알고 있다.

프리드리히 실러

상대방이 어떻게 해 줬으면 좋겠다든가 또한
어떤 모습이었으면 더 좋겠다든가 그것도
안 된다면 내가 정말 사랑하고 있다는
사실만이라도 알아줬으면 하는 마음조차
필요하지 않다면 그것은 지금 당신이
정말 사랑을 하고 있다는 증거이다.

진실된 사랑은,
오로지 사람에게만 준 신의 선물인 것이다.

스콧트

사랑이란 이름으로 여러 사람을 만나보지만 정말로
사랑하는 사람은 이 세상에 단 한 사람뿐이다.

DAY 170

사랑해서 사랑을 잃은 것은,

전혀 사랑하지 않는 것보다 낫다.

알프레드 테니슨

사랑이 지난간 자리엔 황폐한 땅이지만

그 속엔 다른 사랑의 씨앗이 자라고 있다.

하지만 사랑이 오지 않은 자리엔

아무것도 자라지 않는 황무지만 있을 뿐이다.

DAY 171

사랑이란 자기 희생이다. 이것은 우연에

의존하지 않는 유일한 행복이다.

L. N. 톨스토이

하나만 가지고는 불편한 것들이 있다.

컴퓨터와 마우스, 젓가락과 숟가락이 그런 것들이다.

사랑 옆에는 늘 자기 희생이 있어야 한다.

희생 없는 사랑은 소유일 뿐이다.

연애를 한 순간부터,
가장 현명한 남자도
대상을 제대로 보지 못한다.
자기의 장점을 과소 평가하고,
사랑하는 사람의 사소한 호의를
과대 평가한다.

스탕달

자기 중심적인 사람, 매사에 사리 분별이
바른 사람, 똑똑한 사람 모두 한 순간에
바보로 만들어 버리는 것이 사랑이다.
오직 자신이 보고 싶어 하는 것만 보고
듣고 싶은 것만 듣게 되는 것이 사랑이다.

자신이 하는 일을 재미없어 하는
사람치고 성공하는 사람 못 봤다.

테일 카네기

생계를 위해서 어쩔 수 없이 선택한 직업일지라도
어떻게 해서든 재미를 붙여야 한다.
그렇지 않으면 하루하루가 고통의 연속일 뿐이다.
단지 큰 성공을 위해서가 아니라 자신의 건강을
위해서도 즐겁게 일하는 방법을 터득할
필요가 있다.

슬픔은 남에게 터놓고 이야기함으로써
완전히 가시지는 않을망정 누그러질 수는 있다.

칼데론

병의 가장 큰 원인은 스트레스이고
그 스트레스의 가장 중요한 원인은
참는 데서 오는 것이다.
밖으로 분출하지 못하고 안으로 삭이면
언젠가는 터져 나오기 마련이다.
이런 것들을 예방하는 손쉬운 방법은
마음 터놓고 이야기하는 것이다.

나에겐 특별한 재능이
있는 것이 아니다.
단지 호기심이
굉장히 많은 것뿐이다.

A. 아인슈타인

새로운 것을 창조하는 대부분의 사람들은
원래부터 그런 능력이 있는 것이 아니라
보통 사람은 그냥 아무렇지도 않게 당연히
넘어가는 것도 "왜?"라는 명제를 앞에 세운다.
그것이 시작이 되어 새로운 것이
창조되게 되는 것이다.
당연한 모든 것들을 호기심으로 쳐다보는 것이
위대한 창조자의 처음과 끝이다.

살아남은 자가 정복자이다.

페르시우스

굉장히 많이 착각하는 것 중의 하나가 잘난
사람이 끝까지 갈 것 같지만 현실은 그 반대인
경우가 많다는 사실이다. 사실 출발선에 있기는
잘난 사람이나 못난 사람이나 아무것도
결정된 것이 없기는 마찬가지이다.
결승점을 누가 먼저 통과하느냐가 중요하다.

금전은 비료와 같은 것으로
뿌리지 않으면 쓸모가 없다.

베이컨

돈이 제대로 가치를 발휘할 때는
세상 사람들에게
필요한 것을 위해서 쓰여질 때일 것이다.
특정한 몇 사람의 창고에 처박혀 있다면
그것은 이미 돈으로써의 가치가 없어진
것이나 마찬가지이다.
건전한 소비는 사회를 좀 더 윤택하게
만드는 방법이다.

재산은 가지고 있는 자의 것이 아니고,
그것을 즐기는 자의 것이다.

하우얼

재산을 모으는 것이 얼마나 힘든 일인가는
모두들 알고 있다. 하지만 얼마나 가치있게
소비하느냐는 더더욱 힘든 일이다.

빛을 퍼뜨릴 수 있는 두 가지 방법이 있다.
촛불이 되거나 또는
그것을 비추는 거울이 되는 것이다.

이디스 워튼

상처받은 사람들의 마음을 아무런 사심 없이
그대로 투영할 수 있는 마음과 자신이 가지고
있는 모든 것을 다 내어줄 수 있는 자기 희생이
사랑을 실천하는 가장 참된 모습이다.

DAY 180

가장 하기 힘든 일은
아무 일도 안 하는 것이다.

<u>유대인 격언</u>

인간과 돼지가 다른 것은,
아무 일도 안 하고 가만히 있는 돼지는 정상이지만,
아무 일도 안 하고 가만히 있는 사람은
미쳐버린다는 것이다.

DAY 181

자신을 증오하는 사람은 사랑할 수 있지만,
자신이 증오하는 사람은 사랑할 수 없다.

<u>L. N. 톨스토이</u>

사랑과 증오는 같은 부모 밑에서 태어났지만
한 번도 같은 방을 쓴 적은 없다.
가끔 서로의 방을 다녀간 적은 있지만 결코
둘은 한방에서 존재한 적이 없다.

사랑은 일에 굴복한다.

만일 사랑에서 빠져 나오기를 원한다면,

바쁘게 지내라.

그러면 안전할 것이다.

오비디우스

몇 번의 사랑의 슬픔을 경험한 사람들은 자기
나름대로의 탈출법을 가지고 있다. 그중에서
가장 좋은 방법은 자신의 일에 몰두하는 것이다.

노력한다고 모두 성공하는 것은 아니다.

하지만 성공한 사람들은 항상 노력한다.

작자 미상

노력에 대한 대가가 항상 일 대 일이라면 범죄는
일어나지 않을 것이다. 그래도 우리는 꿈을 이루기
위해 항상 노력해야 한다. 그렇지 않으면 꿈을
이룰 수 있는 기회가 날아가기 때문이다.

젊은이들의 사랑은 마음 속에
있지 않고 눈 속에 있다.

W. 셰익스피어

나를 사랑하는지 그렇지 않은지 물어볼
필요도 고민할 필요도 없다. 단지 그 사람의
눈을 보면 알 수 있다.

주로 관심과 애정을 불러일으키는
두 가지의 요인은,
어떤 물건이 너 자신의 소유물이라는 점과
그것이 너의 유일한 소유물이라는 점이다.

아리스토텔레스

우리의 마음 속에는 어떤 누군가의 무엇이 되고
싶어한다. 그 사람의 단 하나밖에 없는 의미로
자리하고 싶은 마음이다.

램프가 타고 있는 동안
인생을 즐겨라.
시들기 전에 장미를 꺾어라.

우스테리

인생에는 각각의 시기마다 꼭 하고 넘어갈 일들이
있다. 어릴 때 한없이 뛰어 놀아 보고, 학교에
가서는 열심히 공부도 하고, 직장에 다니면서
열심히 일도 하고, 결혼을 해서는 가족을 위해
돈도 벌어야 한다. 어렸을 때는 인생이 한없이
길게 느껴지지만 나이가 어느 정도만 먹게 되면
하루가 너무 빨리 지나간다는 것을 느낄 것이다.
시간은 되돌릴 수도 잠시 멈출 수도 없다.
마땅히 하고 넘어갈 일들을 하지 않으면
늦어서 후회하게 된다.

DAY 187

꿈은 불만족에서 나온다.
만족한 인간은 꿈을 꾸지 않는다.

앙리 드 몽테를랑

만족은 안주하고 싶은 마음을 갖게 하고
'안주'는 게으름과 친구이다.
꿈을 꾸지 않는 사람은 살아도 산 것이 아니다.

DAY 189

사랑은 못난 학자보다도 월등하게
훌륭한 인생의 교사이다.

아낙 산드리데스

사랑으로 해서 배워지는 것들이 있다. 내 뜻대로
되는 것이 세상에 하나쯤은 있다는 것을 알고,
자기 중심적인 생각에서 조금은 남을 배려하는
마음과 여러 가지 학교나 책 등에서
배울 수 없었던 것들을 배우며
한 단계 성숙한 인간이 되어 간다.

세월은 피부를
주름지게 하지만,
열정을 저버리는 것은
영혼을 주름지게 한다.

맥아더

자신의 인생에서 최고의 황금기를 생각해 보자.
세상의 거의 모든 것들에 대해서 도전하고 싶은
열정이 있었을 것이다.
외모는 어쩔 수 없다 하여도 그때의 그 마음만은
자신의 노력 여하에 따라서 얼마든지 계속
유지할 수 있다. 나이가 들어감을 애석하게
생각하지 말고 세상에 대한 식어가는 열정을
깨워야 할 것이다.

DAY 190

사랑은 삶의 최대 청량, 강장제이다.

파블로 피카소

내가 만약 의사라면 건강에 관심이 있어
찾아오는 사람들에게 사랑이란 처방전을
내릴 것이다. 규칙적인 운동도 좋고,
좋은 음식을 먹는 것도 좋지만 사랑만큼
좋은 보약이 없는 것이다.

DAY 191

사랑의 치료법은 더욱 사랑하는 것밖에는 없다.

H. D. 도로우

사랑의 아픔으로 슬퍼하는 사람들의 대부분의
심리는 절대 다시는 사랑하지 않겠다는 다짐이다.
하지만 그건 더 큰 고통만 줄 뿐이다.
아주 간단하고도 쉬운 방법은 그 아픔과 슬픔만큼
더욱더 열정적으로 사랑하는 것이다.
그것만이 유일한 처방이다.

지혜가 깊은 사람은
자기에게 무슨 이익이 있을까 해서,
또는 이익이 있으므로 해서
사랑하는 것이 아니다.
사랑한다는 그 자체 속에
행복을 느낌으로 해서
사랑하는 것이다.

B. 파스칼

사랑을 한 번쯤 해본 사람이라면 자신에게
이익이 되면 사랑하고 그렇지 않으면 사랑하지
않는 것이 더 어렵다는 것을 잘 알 것이다.
사랑으로 인한 대가는 오직 행복한 마음
그것이 유일한 이익이다.

DAY 193

사랑이란 우리의 생명과 같이
날 때부터 가지고 태어나는 것이다.

F. M. 밀러

살아간다는 것은 사랑한다는 것이다.
사람이 사랑이고, 사랑이 사람인 것이다.

DAY 194

세상에서 가장 어리석은 변명은
'시간이 없어서'이다.

토마스 에디슨

바보들은 항상 "…… 때문에"라는 변명을 입에
달고 산다. 반면에 성공한 사람들은
"그럼에도 불구하고"란 말을 자주 한다.
성공한 사람들에게 더 많은 시간이 주어진 것도 아닌데
바보들은 항상 자기에게 주어진 시간이 늘 모자란다고
변명을 하고 있는 것이다.

해야 함은 할 수 있음을 함축한다.

I. 칸트

모든 일은 자신의 마음먹기에
따라서 달라질 수 있다.

친구를 얻게 되고, 이쪽의 생각에
따라오게 하는 가장 확실한 방법은
상대의 의견을 충분히 받아들이고
상대방의 자존심을 만족시켜 주는 일이다.

데일 카네기

세상엔 이야기하고 싶어 하는 사람들에 비해
들어줄 수 있는 사람이 턱없이 부족하다.
가만히 곁에서 이야기를 들어줄 수 있는 사람은
세상 사람들의 절반과 친구가 될지도 모를 일이다.

우정을 위한 최대의 노력은 벗에게 그의
결점을 스스로 깨닫게 하는 일이다.

라 로쉐호크

내 단점은 잘 보기 어려우나 남의 단점은 한눈에
들어오기 마련이다. 단점을 발견했을 때
직접적으로 말해서 남에게 상처를 입히면서
고치게 하는 것은 시간도 절약되고 상대를 위해
그렇게 했다는 자기 만족도 금새 생겨나서
마치 자기가 큰일을 한 것처럼 생각되는
경우가 많이 있다.
그러나 스스로 깨닫고 고치게 하는 데는
많은 시간과 인내가 필요하고 또한 자기 성과에
대한 만족도가 줄어들기 때문에 사람들은
이것을 하기 싫어 한다.
하지만 친구라 말할 수 있다면 묵묵히 기다려줄
수 있는 마음가짐이 있어야 한다.

친구는 제 2의 재산이다.

아리스토텔레스

자신의 재산 중에 첫 번째로 친구를 꼽는 경우는
많이 봤으나 두 번째 밑으로 꼽은 사람은 아직까지
본 적이 없다. 이것은 불변이다.

슬픔을 나누면 반으로 줄지만,
기쁨을 나누면 배로 늘어난다.

J. 레이

반으로 나누는 방법은 간단하다. 마음에 맞는
친구나 주위 사람들에게 이야기할 수 있는
마음가짐만 가지고 있으면 된다.

DAY 200

사랑을 얻으려면 자존심을 버려라.

앤드류 매튜스

사랑을 얻는 것은 간단한 수학 문제이다. 지금까지
살아왔던 자기 인생에서 자존심을 빼고 희생을
곱하기만 하면 되는 것이다. 하지만 이 간단한
문제를 풀지 못하는 사람이 아주 많이 있다.

DAY 201

자존심은 미덕은 아니지만,
그것은 많은 미덕의 부모이다.

J. 콜린즈

인간이 짐승보다 좀 더 위대하게 보이는
모든 것들의 본 바탕은 자존심에 있다.

DAY 201

인간은 누구나 자기가 하는
일에 대하여
항상 자부심을 가지고 있다.
그렇기 때문에 스스로
기만당하기 쉬운 것이다.

N. 마키아벨리

실력이 있어야 자부심도 생겨나는 것이다.
하지만 지나친 자부심은 스스로를 몰락시키는
원인이 될 것이다.

돈 빌려 달라는 것을 거절함으로써
친구를 잃는 일은 적지만,
반대로 돈을 빌려줌으로써
도리어 친구를 잃기 쉽다.

A. 쇼펜하우어

친구의 어려움을 알고 모른 척하기는 매우
어려운 일이다. 돈 문제가 아니라면 어떻게
해서든 도움을 주고 싶지만 그게 돈 문제라면
여간 신경 쓰이는 문제가 아니다.
친구를 잃지도 않고 어려움에 도움이 될 수 있는
방법은 자신의 판단 문제인 것이다.

DAY 203

좋은 친구가 생기기를 기다리는 것보다
스스로가 누군가의 친구가 되었을 때 행복하다.

버트런드 러셀

온전히 자기 마음을 얼마나 열고 다가갈 수 있느냐가
친구가 생기고 안 생기고의 문제와 직결된다.
먼저 다가갈 수 있는 마음가짐이 중요하다.

DAY 204

우정은 사랑과 마찬가지로
잠시 동안의 단절로 강화될 수는 있을지 모르나,
오랜 부재(不在)에 의해서 파괴된다.

새뮤얼 존슨

보이지 않음은 보여짐에 굴복 당한다.
간절한 보고 싶음은 그리움이 되고
급기야 추억이 되고 만다.

참된 우정은 건강과 같다. 즉, 그것을
잃기 전까지는 우정의 참된 가치를
절대 깨닫지 못하는 것이다.

칼렙 C. 콜턴

항상 있어 소중함을 모르는 것들이 있다.
공기, 물, 그리고 친구이다. 없으면 생명을
한 시간도 유지 못하는 존재이다.

가장 귀중한 재산은
사려가 깊고 헌신적인 친구이다.

다리우스

친구라고 말할 수 있다면 모든 친구들은
내 재산의 맨 꼭대기에 올려놓아야 한다.

같은 것을 같이 좋아하고
같이 싫어하는 것은
우정의 끈을 더욱
단단하게 묶어준다.

살루스트

부부는 닮아 간다는 말이 있다. 전혀 다른
두 사람이 만나 서로를 닮아 간다는 것은 어느
정도 상대방을 이해하려는 노력의 산물인 것이다.
친구도 이와 같아서 짧은 시간과 즐거울 때만의
친구는 도저히 닮아질래야 닮아질 수 없는 것이다.

불길처럼 불타오른 우정은
쉽게 꺼져 버리는 법이다.

토마스 풀러

누구에게도 열정의 용량은 똑같다. 초반에 너무
급박하게 써 버리면 금방 방전되는 법이다.
배터리의 용량을 늘리기 위해선 천천히 진행해야
할 것이다.

적을 한 사람도 만들지 못하는 사람은
친구도 만들 수 없다.

앨프리드 테니슨

좋은 라이벌이 없는 사람은 그만큼 자신의 틀
안에 갇혀 지낼 수밖에 없다. 자신의 발전을
위해서라도 괜찮은 라이벌은 항상 필요한 것이다.

조급히 굴지 말아라.

행운이나 명성도 일순간에 생기고

일순간에 사라진다.

그대 앞에 놓인 장애물을 달게 받아라.

싸워 이겨 나가는 데서 기쁨을 느껴라.

앙드레 모로아

자그마한 성공과 고난에 일희일비하다가 정작
인생의 큰 그림을 보지 못하는 사람들을 많이
보아 왔다. 지혜로운 사람은 자신의 앞에 놓인
시험들을 묵묵히 통과하면서 조금씩
성장하는 것이다.

인생의 낙은 과욕에서보다
절욕에서 찾아야 한다.
올바른 마음을 가지고
욕심을 제어하면
그 속에 절로 낙이 있으며
봉변을 면하게 되리라.
허욕을 버리면 심신이
상쾌해진다.

예기

인간의 모든 고통은 분수에 맞지 않은
욕심이 원인이 되는 경우가 많다.
욕심을 부리기 앞서 자신을 정확히 바라볼 수
있는 냉철한 자기 시선이 먼저 선행되어야 한다.

생을 존중하는 사람은 비록 부귀해도
살기 위해 몸을 상하는 일이 없고
비록 빈천해도 사리를 위해 몸에 누를
끼치는 일이 없다. 그런데 요즈음 세상 사람들은
고관대작에 있으면 그 지위를 잃을까 걱정하고,
이권을 보면 경솔히 날뛰어 몸을 망치고 있다.

장자

영화를 보면 마약을 하는 사람들의 최후의 모습은
흉측하기 마련이다. 도저히 인간의
모습이라고 보여지지 않을 정도로 추한 모습이다.
사리에 맞지 않는 일을 자신의 이익을 위해서
행하고 그것을 오직 자신의 자부심으로 생각하는
사람들은 하루에 마약을 한 통씩 먹는 사람과
마찬가지로 흉측한 인생을 맞이하고 만다.

탐욕은 일체를 얻고자 욕심내어서
도리어 모든 것을 잃어버린다.

M. 몽테뉴

적당한 욕심은 자기 발전에 도움이 되지만
탐욕은 자기를 망치는 지름길임을 명심해야 한다.
욕심 부리기에 앞서 자신이 그런 욕심을
부릴 만한 재주나 주제가 되는지를
먼저 바라봐야 한다.

분노를 억제하지 못하는 것은
수양이 부족한 표시이다.

플루타르코스

화를 다스린다는 것은 자기를 다스릴 줄 아는
사람이다. 이것을 못하는 사람은 사회 생활을
할 수가 없다. 화를 다스리는 방법 중에
가장 으뜸은 자기의 마음을 털어놓는 것이다.

누구든지 화를 낼 수 있다.

그것은 쉬운 일이다.

그러나 올바른 대상에게, 올바른 정도로,

올바른 시간에, 올바른 목적으로,

올바른 방식으로 화를 내는 것은

모든 사람들이 할 수 있는 일이 아니며

쉬운 일도 아니다.

아리스토텔레스

상대가 납득하지 못하게 화를 낸다면

상대방도 같이 화를 내어서 결국에 싸움이 난다.

화를 내는 것도 기술이 필요한 것이다.

DAY 216

분노하여 가하는 일격은
결국 우리 자신을 때린다.

W. 펜

앞뒤 가리지 않고 오직 자신의 분노를 표출하는
사람은 결국은 주위의 모든 사람들이
그 사람을 외면하여 마지막에 혼자만 남게 된다.

DAY 217

자기 분노의 물결을 막으려고 노력하지 않는 자는
고삐도 없이 야생마를 타는 셈이다.

L. 시버

어디로 튈지 모르는 예측 불가능하고
감정의 기복이 심한 사람 곁에는
친구들이 모이기 어렵다.
심지어는 있던 사람들도 떠나게 된다.

건강한 몸을 가진 자가 아니고서는
조국에 충실한 자가 되기 어렵고,
좋은 아버지, 좋은 아들,
좋은 이웃이 되기 어렵다.

J. H. 페스탈로치

이 세상 그 어떤 것도 자신이 건강한 후에
할 일이지 건강을 잃으면 아무것도 의미가 없다.
건강하지 못한 몸은 주위 사람들에게도
고통일 뿐이다.

비 온 뒤에 땅이 굳어진다.

속담

지금 자기 앞에 놓인 역경과 고난은 오직 나를
강하게 만들기 위한 시험에 불과한 것이다.

괴로움이 남기고 간 것을 맛보아라.
고통도 지나고 나면 달콤한 것이다.

J. W. 괴테

고난과 역경의 한가운데에선 모든 것이
괴로움 밖에 없어 보이지만, 헤쳐 나가서 성취해낸
영광의 순간에는 그 시간조차 추억일 뿐이다.
도망쳐버린다면 아름다운 추억이 하나
없어지는 것이다.

호랑이는 그리되 뼈는 그리기 어렵고,
사람을 알되 마음은 알지 못한다.

명심보감

몇십 년을 산 부부도 서로의 마음을 반도 알지
못한채 죽음을 맞이하곤 한다. 이처럼 사람의
마음은 알려고 하면 할수록 더 모르는 것이다.

인간은 반항하는 존재다.

알베르 카뮈

당연히 그렇게 되어지는 것에 대한
거부에서 인간의 문명은 발전해 왔다.

우리는 사람을 알려고 할 때,
그 사람의 손이나 발을 보지 않고
머리를 본다.

캘빈

머리는 탐구의 영역이다.
그 사람이 무슨 생각을 할까? 라는 물음이
상대방을 알아가는 첫 단계인 것이다.

인간의 가치는 얼마나
사랑받았느냐가 아니라
얼마나 사랑을
베풀었느냐에 달려 있다.

에픽테토스

사랑하고 싶지만 방법을 몰라 망설이는 사람이
있고, 사랑을 베풀고 싶지만 어떻게 해야 할지
몰라 멀리 떨어져 구경하는 사람들도 있다.
주위를 둘러보면 작은 배려와 이해가 사랑인
것이다. 사랑은 작고 많음이 없고 베푸는
그 순간의 모든 사랑이 다 가치를 지니는
것이다. 또한 연습을 하면 할수록 마음 속에서는
없던 사랑도 생겨나는 신기한 생명체인 것이다.

DAY 225

거짓말은 눈사람 같아서
오래 굴리면 그만큼 더 커진다.

로터

바늘 도둑이 소 도둑 된다는 말이 있다.
처음보다 두 번째가 쉽고, 두 번째보다
세 번째가 더 쉽고 대담해진다.
옳지 않은 일은 처음부터 하지 않는 것이
최선의 길이다.

DAY 227

내 자신의 무식을 아는 것은 지식으로 첫 걸음이다.

G. G. 바이런

어디가 아픈지 알아야 어떤 약을 쓸지 판단하게
된다. 자신이 아프지 않다고 생각하면 병원에
가지 않는 법이다. 세상에는 자기가 병이 있는지
없는지도 모르는 사람이 너무 많다.

시도했던 모든 것이
물거품이 되었더라도
그것은 또 하나의
전진이기 때문에
나는 용기를 잃지 않는다.

토마스 에디슨

포기하지만 않는다면 인생은 언제든 기회를
다시 준다. 작은 고난과 실패에 절망할
필요는 없다. 그것은 오직 다시 시작하는
나의 자양분이 되기 때문이다.
잠깐 마음의 휴식을 취하고 다시 시작하자.

내일의 일을
훌륭하게 하기 위한
최선의 준비는
바로 오늘 일을
훌륭하게
완수하는 것이다.

엘버트 허버드

오늘 하고 있는 일을 완수하지 못한다 하더라도
내가 꾸는 큰 꿈에 별다른 영향을 주지 못할
거라고 생각하지만 그것은 큰 착각이다.
아무 생각 없이 허비하는 지금 이 시간이 자신의
미래를 결정짓는 가장 중요한 시간임을 잊어서는
안 될 것이다.

오늘을 붙들어라!

되도록 내일에 의지하지 마라!

그 날 그 날이 일 년 중에서 최선의 날이다.

R. W. 에머슨

오늘 하지 못한 일은 내일이라고 해서

한다는 보장이 없다.

오늘 마음먹은 일은 무슨 일이 있어도

오늘 끝내야 한다.

내일은 또 다른 일들이 우리를

기다리고 있기 때문이다.

오늘 할 수 있는 일에 전력을 다하라.
그러면 내일에는 한 걸음 더 진보한다.

아이작 뉴턴

내 앞에 지금 할 일이 있는데 굳이
내일을 생각할 필요가 없다.
지금 이 일을 어떻게 처리하느냐가
바로 내일을 결정하는 요소인 것이다.
먼 미래는 하루하루의 내 행동에
대한 대답일 뿐이다.

행동하는 사람처럼 생각하고,
생각하는 사람처럼 행동하라.

앙리 베르그송

한없이 생각만 하고 있거나 아니면 생각 없이
행동하는 사람들은 인생에서 성공하기란
매우 어려운 일이다.
생각, 행동, 반성, 다시 행동. 이런 일련의 순서가
계속적으로 반복되어질 때 우리가 원하는
미래를 좀 더 빨리 맞이할 수 있다.

DAY 232

천재는 노력하는 사람을
이길 수 없고
노력하는 사람은
즐기는 자를 이길 수 없다.

T. 윌리엄

누가 시켜서 한다든가 먹고 살기 위해
어쩔 수 없이 한다면 큰 발전을 기대할 수 없다.
목표에 끌려 다니다가 한세월 다 가는 수가 있다.
일을 완전히 내 것으로 만들 줄 아는 사람만이
인생을 즐길 수 있는 것이다.

쾌락도, 지혜도,
학문도, 그리고 미덕도,
건강이 없으면
그 빛을 잃어 사라지게
될 것이다.

M. 몽테뉴

돈을 버느라고 건강을 잃어버린 사람,
자식들을 위해서 건강을 잃어버린 사람,
남을 위해서 일하다가 건강을 잃어버린 사람들
모두 어리석은 사람들이다. 건강을 잃어버리면
이 세상 어떤 것도 의미가 없는 것이다.

인생은 자전거와 같다. 계속 페달을
밟는 한 넘어질 염려는 없다.

크라우드 페퍼

인생의 길은 평탄한 길이 없다. 내리막길이
있으면 오르막길이 있고, 끝났다 싶으면
바로 자갈길이 있다. 아무리 힘들어도
발을 떼어서는 안 되는 것이다.

나는 지금까지 9,000번도 넘게 샷을
성공시키지 못했다.
나는 300번도 넘게 져봤다.
사람들이 나를 믿어 주었을 때
나는 26번이나 클러치를 실패해 봤다.
나는 계속 실패하고, 실패하고, 또 실패했다.
그것이 내가 성공한 이유다.

마이클 조던

성공한 사람과 그렇지 못한 사람의 차이는
얼마나 실패를 많이 해 봤느냐의 차이이다.
단 한 번의 실패에 낙담하여 포기하지 않고
다시 도전하기를 두려워하지 않는 열정이
그 사람을 성공으로 이끄는 힘임을 명심해야
한다. 실패하는 것이 문제가 아니라 다시 일어
설 수 있는 용기가 있느냐가 더 문제인 것이다.

남편들이 보통 친구들에게
베푸는 것과
꼭 같은 정도의 예의만을
부인에게 베푼다면
결혼 생활의 파탄은
훨씬 줄어들 것이다.

화브스타인

주위를 보면 가끔 이런 사람이 있다. 사회 생활은
너무나 성실하게 잘 하는데 가정은 전혀 신경쓰지
않는 사람이 있다.
이건 어느 하나의 선택의 문제가 아니라 두 가지
모두 잘해야 하는 것임을 명심해야 한다.

교육이란 알지 못하는 바를 알도록

가르치는 것을 의미하는 것이 아니라,

행동하지 않을 때 행동하도록

가르치는 것을 의미한다.

마크 트웨인

머리 속에 알고만 있는 사람은 전혀 모르는

사람보다 더 나을 것이 없다.

중요한 것은 행동하는 것이다.

그래서 우리는 많은 시간을 공부하는 것이다.

DAY 239

돈은 밑 없는 깊은 물 속과 같다.
명예도 양심도 진리도
모두 그 속에 빠지고 만다.

카스레

돈 앞에서 종종 자존심마저 없어지는 서글픈
현실이 있다. 명예와 양심을 지키며 존경을 받던
사람도 예외는 아니다. 돈이면 무엇이든 되는
것처럼 보이는 이런 세상에서 돈보다 더 귀
중한 것이 있다는 것을 수긍시키기는
매우 어려운 일이다.
하지만 돈의 노예가 되는 것은 경계해야 한다.

DAY 240

사람은 일하기 위해서 창조되었다.
명상하고 느끼며 꿈꾸기 위해서만은
아니다.

<u>토머스 칼라일</u>

아무 일도 하지 않고 빈둥빈둥 시간을
보내는 것은 개나 돼지와 같은 것이다.

자기 아이에게 육체적인 노동을
가르치지 않는 것은
그에게 약탈, 강도 같은 것을
가르치는 것과 마찬가지이다.

<u>탈무드</u>

홍콩의 유명한 영화 배우인 성룡은 자식에게
단 한 푼의 재산도 남겨주지 않는다고 한다.
이유인즉 능력이 있으면 재산이 필요 없고
능력이 없으면 얼마 지나지 않아 재산을
탕진한다는 것이다. 세상을 살아갈 수 있는
능력을 키워주는 것이 부모의 가장 큰 역할이
아닌가 생각해 본다.

굴러가는 돌에는
이끼가 끼지 않는다.

<u>헤이우드</u>

작은 성공에 도취되어 머리 속에 안주하고
싶은 생각이 떠오르는 순간 그 사람은
도태되고 만다. 급하게 갈 필요는 없지만
쉬는 것은 경계해야 한다.

마음이 맞으면 삶은 도토리 한 알을
가지고도 허기를 면할 수 있다.

속담

국가대표 경기를 보다 보면 이따금 무기력한
경기를 볼 수 있다. 실력이 뛰어난 선수들도
훈련 시간이 짧아 서로 호흡을 맞추지 못하면
좋은 경기력을 보일 수 없다.
혼자 모든 걸 할 수 없는 세상에서 내 옆에 있는
동료와 조화롭게 일을 해 나가는 것이 중요하다.
이심전심으로 마음이 통하면 아무리 힘든 일도
금세 처리될 것이다.

큰 재주를 가졌다면 근면은
그 재주를 더 낫게 해줄 것이며,
보통의 능력밖에 없다면 근면은
부족함을 보충해 줄 것이다.

J. 레이놀즈

무언가를 하고 싶을 때 하고,
가끔 하는 것은 그리 어려운 일이 아니다.
항상 그렇게 하는 것이 어려운 일이다.

무례한 사람의 행위는 내 행실을
바로 잡게 해주는 스승이다.

공자

나쁘고 불쾌한 것에 대해서 외면하면 그만이지만
그것들을 보면서 나 자신을 반성하는 계기로
삼는 것이 좋다.

DAY 246

쓰러진 자 망할까 두렵지 않고,
낮춘 자 거만할까 두렵지 않다.

J. 버넌

가진 것이 하나도 없는 사람과 가지고 있으면서
겸손한 사람은 앞으로 발전 가능성이 무한하다는
것을 의미한다.

DAY 247

악은 즐거움 속에서도 괴로움을 주지만,
덕은 고통 속에서도 우리를 위로해 준다.

칼렙 C. 콜턴

나쁜 짓은 언제나 순간의 쾌락을 동반한다. 하지만
그 순간이 지나고 나면 긴 괴로움의 시간뿐이다.
이런 것들이 반복되면 파멸에 이르고 만다.

술은 비와 같다.
즉 진흙에 내리면
진흙은 더욱 더럽게 되지만,
옥토에 내리면
아름답게 하고 꽃피게 한다.

J. 헤이

요즘은 술 한 잔 못 마시면 사람 사귀기
힘든 세상이다. 어딜 가나 술자리는 있다.
자신의 주량에 맞는 음주는
대인 관계를 좋게 만든다.

DAY 249

습관이란 인간으로 하여금
어떤 일이든지 하게 만든다.

F. M. 도스토옙스키

전혀 될 것 같지 않았던 일들도 습관으로
되어지는 경우가 많이 있다.
좋은 습관이 나를 성공으로 이끈다.

DAY 250

오랜 약속보다
당장의 거절이 낫다.

덴마크 격언

거절하지 못해서 마지못해 한 약속도 다른 이들은
약속이라 생각하고 기대할 것이다.
지켜지면 다행인데 그렇지 못하는 경우가 훨씬
많이 있다. 약속도 못 지키고 사람도 잃는 경우이다.

강요당하고는 절대로 말하지 마라.

그리고 지킬 수 없는 것은 말하지 마라.

J. R. 로우얼

지키지 못한 약속에 꼭 나오는 변명 중에 하나가

'그 상황에선 그런 약속을 할 밖에 없었잖아'이다.

그것은 변명에 지나지 않는다. 누가 있어 듣기

좋은 소리만 하고 싶지 않은 사람이 있겠는가?

자신의 능력과 시간과 상황을 고려하고

약속을 해야 불상사가 생기지 않는다.

약속을 지키는 최선의 방법은
약속을 하지 않는 것이다.

나폴레옹

누구나 약속을 하지만 약속한 것을 다 지키는
사람은 없다. 그렇다고 지키지 못한 약속에
대해서 반성 없이 지나간다면
다른 이들에게 믿음을 금세 잃어 버릴 것이다.

사람들은 약속을 어기지 않는 것이
양자에게 다 같이 유리할 때 약속을 지킨다.

솔론

일방적인 약속은 언제나 반은
못 지킬 것을 안고 있는 것이다.

DAY 254

우리를 신뢰하는 자가
우리를 교육한다.

G. 엘리어트

무엇인가를 가르치려면 반드시 그 사람을
믿어줘야 한다. 그렇지 않다면 배움에
있어서도 가르침만 할 것이다.

DAY 255

배운다는 것은 사치다.
그러나 배움의 사치가 가르침의
사치와 비교될 수는 없다.

R. D. 히치코크

뭔가를 배울 수 있다는 것은 인간의 축복이다.
자신의 부족함을 깨닫고 그것을 채워나가는
과정이 인생이며 또한 즐거움이다.

학문은 잠시도 쉬어서는 안 된다.

푸른 색깔은 쪽에서 나오지만 쪽보다 더 푸르고,

얼음은 물이 만들지만 물보다 더 차다.

순자

잠시 잠깐의 배움이 인생의 배움에 전부인양

떠드는 사람은 아직도 배울 것이 많이 남아

있다는 것이다.

죽을 때까지 배워도 아무것도 배우지 못한

사람과 별반 다를 것이 없다.

DAY 257

행할 수 있는 자는 행하게 하고,
행할 수 없는 자는 가르친다.

G. B. 쇼

아는 것을 행동에 옮기게 하는 것이 교육이다.
배우고 행하지 않으면
처음부터 다시 배워야 하는 것이다.

DAY 258

만약 한 사람의 인간이 최고의 사랑을
성취한다면 그것은 수백만의 사람들의
미움을 해소시키는데 충분하다.

마하트마 간디

사랑을 실천하며 역사를 바꾼 위대한 사람들은
얼마든지 있다. 큰 역사의 흐름을 바꾸는 데는
한 사람만으로도 충분하다.

배우려고 하는 학생은
부끄러워해서는 안 된다.

히레르

이 세상엔 자신이 무엇을 모르는지도 모르면서
사는 사람들이 많이 있다. 배우려고 하는
사람들은 최소한 그런 사람들보다는
하나는 더 알고 있는 것이다.
이왕 배우려고 마음먹었다면 가슴을 펴고
떳떳하게 확실히 알아야 할 것이다.

실패한 자가 패배하는 것이 아니라
포기한 자가 패배하는 것이다.

장 파울

인생은 수 많은 실패의 연속이다. 그럴 때마다
포기해 버린다면 지금까지 해 왔던 모든 것이
사라져 버리는 것이다. 또한 다시 만회할 수 있는
기회조차도 영원히 사라져 버리고 인생에
꼬리표처럼 포기해 버린 일들이 머리 속에
남아 자신을 괴롭히게 될 것이다.
포기하지만 않으면 반드시 기회는 오게 되어 있다.
지금의 실패 속에서 조금 더 냉정을 유지하여
잘못된 점을 바로잡으려는 마음만 있다면
머지 않은 시간 안에 좋은 기회가 올 것이다.

힘은 뼈와 근육에서 나오는 것이 아니라
불굴의 의지에서 나온다.

마하트마 간디

꿈을 이루고 못 이루고는 그것을 얼마나 간절히
원했느냐 그렇지 않았느냐에 달려 있다.
우리 앞에 수도 없는 시련이 다가올지라도 불굴의
의지가 있다면 아무것도 아닌 것이 될 수 있는
것이다. 나약한 생각으로 남들이 하니까 나도
그냥 한 번 해 볼까 하는 생각으로 인생의 판을
짜면 중간에 어김없이 포기하기 마련이다.
정말 자신이 원하는 것이 무엇인지 정확히 알고
그 꿈을 향해 무조건 뛰지도 말고
쉬지도 말아야겠다.

1퍼센트의 가능성,

그것이 내가 갈 길이다.

나폴레옹

세상에 확실한 것은 아무것도 없다.

안 될 것을 생각하지 말고 가능성을 가지고

모든 것에 임한다면 좋은 결과를 얻을 수 있다.

뜻을 세우는 데는 늦었다는 법이 없다.

J. M. 볼드윈

늦었다는 것은 게으른 사람들과 작은 성공에

도취되어 안주하고 싶은 사람들이 가장 쉽게

꺼낼 수 있는 자기 변명의 전형이다.

세상엔 늦었다는 것은 없다. 오직 시작하고

싶은 마음이 없는 것일 뿐이다.

될 수 있을지 없을지는 모른다.

그러나 하지 않으면 안 된다.

무솔리니

언제나 결과는 예측할 수 없다. 된다는 보장이
있다면 세상에 누가 그 일을 하지 않겠는가?
피나는 노력을 해도 되지 않는 경우가 허다하지만
그래도 해야 하는 것이다.
아무것도 하지 않는 사람들은 언제나
구경꾼일 수밖에 없다.
실패의 가르침도 성공의 쾌감도 모두 시도하는
사람들의 몫이다.

용서함은 좋은 일이다.
그러나 잊어버려 주는 일은
더욱 좋은 일이다.

G. 아놀드

사람들은 좋은 관계를 유지하다가 실수로
그 사람에게 큰 상처를 입히게 되면 가장
먼저 드는 생각이 시간을 되돌릴 수 있다면
그런 잘못을 절대 하지 않을 것이라는 후회이다.
잘못을 저지른 상대방을 그 이전의 모습으로
기억할 수 있는 것은 누구에게나 허락되는 것도
한 사람에게 여러 번 허용되는 것도 아니다.
하지만 그렇게 해 줄 수 있다면 상대방은 평생을
갚아도 갚지 못하는 마음의 빚을 진 셈이다.

DAY 266

언제까지 계속되는 불행이란 없다.

로맹 롤랑

행복도 불행도 태어날 때부터 죽을 때까지
지속되는 것이 아니다. 중요한 것은
그 모든 것들이 다른 것들이 아닌 나의
노력 여하에 따라 달라진다는 것이다.

DAY 267

역경은 사람을 부유하게 하지는 않으나
지혜롭게 한다.

풀러

세상을 살아가면서 큰 어려움을
한 번 헤쳐 나오면 많이 성숙하고 세상을
보는 지혜도 그만큼 생기게 마련이다.

숙고할 시간을 가져라.
그러나 일단 행동할 시간이 되면
생각을 멈추고 돌진하라.

나폴레옹

행동할 때와 생각할 때를 구분하지 못하는
사람은 사회에서 도태되고 만다.
많은 시간 토론하고 결론이 나온 상태에서
모두 한 마음이 되어 움직여도 성공을 장담하지
못하는 상황에서 일이 잘못 되었을 때를 대비하여
책임을 조금 덜 받기 위하여 이리저리 궁리하는
사람은 절대 인정받을 수 없다.

개선으로부터 몰락까지의 거리는
단 한걸음에 지나지 않는다.
나는 사소한 일이
가장 큰 결정을 하는 것을 보았다.

나폴레옹

작은 성공은 인생의 긴 여정 속에서 단지
찰나에 불과한 것이다. 그것을 가지고
스스로에게 다짐을 했던 모든 것들을
푼다면 결코 인생은 즐거울 수 없다.

돈을 버는 데 그릇된 방법을 썼다면
그만큼 그 마음 속에는
상처가 나 있을 것이다.

빌리 그레이엄

정당한 방법으로 땀 흘려 벌지 않으면 죄값을
교묘히 피해갔더라도 죽는 날까지 마음의 빚으로
남아 항상 자기 자신을 괴롭힐 것이다.

참다운 욕구 없이 참다운 만족은 없다.

볼테르

욕심에도 여러 가지 종류가 있다. 욕심이
탐욕으로 변질되면 그것은 이 세상 그 어떤 것도
채울 수 없지만 적당한 욕심은 성공으로 인도한다.

건설적으로 사랑한다는 것은
자신을 사랑하는 것이다.
다른 사람만을 사랑하는 사람은
사랑을 할 줄 모르는 사람이다.

에리히 프롬

인간은 태어나는 그 자체로 누구에게나
사랑받을 자격이 있는데 자기 자신에게는
오죽할까?
나를 사랑하지 못한다면 세상의 모진
풍파를 헤쳐 나가기가 얼마나 힘든지는
조금만 나이가 들면 알 수 있을 것이다.

만족을 찾아 헤매지 마라.
그보다는 항상 모든 것 속에서
만족을 발견하려는
마음의 자세가 중요하다.

존 러스킨

만족과 도전은 반대말인 것처럼 들리지만 사실은
실과 바늘의 관계이다. 만족할 수 있는 마음이
다음 도전도 가능하게 하는 밑거름인 것이다.

세상이 자기를 행복하게 해주지
않는다고 불평하는 것은
이기적인 병이다.
왜 행복을 소비할 것만 생각하고
생산할 것은 생각하지 않는가?

버나드 쇼

행복을 만드는 공장이 있다.
일하고, 웃고, 남을 배려하고, 사랑하는
모든 일들이 행복을 만드는 공장에 속한다.
이 세상 모든 사람들이 이 공장의
인부들인 것이다.

입은 화의 문이요, 혀는 몸을 베는 칼이다.
입을 닫고 혀를 깊이 간직하면
몸이 튼튼하고 마음이 편할 것이다.

전당시

한 번 내뱉은 말은 다시 주워담을 수 없다.
생각한 바를 표현할 때는 몇 번을 다시 생각하고
말하는 것이 좋다. 자신은 아무렇지 않더라도
그것을 듣는 상대방에게는 인생의 큰 상처가
될 수도 있으며 자신이 내뱉은 말은 그 누구도
아니고 바로 자신이 책임을 져야 되기 때문이다.

역경에 처했다고 상심하지 말고
성공했다고 하여
지나친 기쁨에 휩쓸리지 마라.

호라티우스

실패와 성공은 작은 바람에도 뒤집히는
종이의 양면과도 같다.
고난이 닥쳐올 때 성공을 생각하고
성공했다고 생각하는 순간에 안주하는
마음을 떨쳐버려야 한다.

인간의 됨됨이는 그가 가진 지식에
있는 것이 아니라
지식을 갖기 위해 노력하는 데에 있다.

G. E. 레싱

지금 옆을 보면 동료들 중에
앞선 사람도 있고
뒤처진 사람도 있을 것이다.
그것은 오늘까지이다.
나의 노력이 얼마든지
앞서 나갈 수 있게 하지만
노력하지 않으면 언제든
뒤처지고 말 것이다.

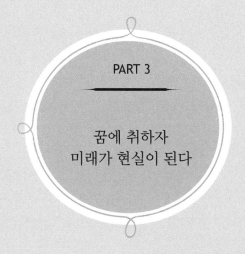

PART 3

꿈에 취하자
미래가 현실이 된다

시련의 순간마다 웃음의 능력을 보았다.

웃음은 막막한 절망과 견딜 수 없는 슬픔을

극복할 수 있게 하는 단 하나의 힘이었다.

<u>밥 호프</u>

웃음 전도사 황수관 박사의 강의를 들어보면,

웃음만큼 좋은 약이 없다.

억지로 웃는 것도 어느 정도 효과가 있다고 한다.

안 된다고 생각하고, 포기하고, 절망하니까

더더욱 힘든 인생을 사는 것이 아닐까

생각해 본다.

웃을 일이 있어서가 아니라 웃어야 행복해지는

진리를 깨닫기까지는 많은 시간이 필요하다.

인생의 어려움은 선택에 있다.

G. E. 무어

어렸을 적 "엄마가 좋아? 아빠가 좋아?"란
질문을 많이 받는다.
곤혹스러워 하는 아이를 보며 어른들은
즐거워 한다.
인생도 우리에게 매 순간 선택을 하라고
강요하곤 뒤에서 웃음을 짓나 보다.

게으름은
천천히 움직이므로
가난이 곧
따라잡는다.

벤자민 프랭클린

해야 할 일을 하지 않는 것과 자신의 일을
어떤 틀 속에 가둬놓고 단순히 자기 앞에 누군가
던져주는 일만 하고는 자신의 일을 다 했다고
생각하는 모든 것들이 게으름에 해당된다.
자기 계발을 위해 지금 놓여 있는 현실에
안주하지 말고 항상 조금 더 나은 미래를 위해
배우고 또 배워야 한다.

문제는 목적지에 얼마나 빨리

가느냐가 아니라,

그 목적지가 어디냐는 것이다.

메이벨 뉴컴버

주위에 나를 보여주기 위하여, 자기 자신의

만족을 위하여 자신의 인생을 망치는

경우를 종종 볼 수 있다.

결과에 너무 연연하여 좋은 목표를 놓친다면

결과론적으로 안주하게 되고, 그렇게 되면

지금 당장은 주위 사람들에게 인정받고

다른 사람보다 조금 앞서가는 것처럼 보일지

모르지만 시간이 지나면 결국은 실패자가 될

것이다.

순간의 성공에 만족하지 말고 높은 이상을 위해

한 걸음 한 걸음 묵묵히 걸어나가는 부지런함이

필요하다. 작은 성공에 안주하는 것은

또 다른 게으름일 뿐이다.

한가한 인간은 고인 물처럼
끝내 썩어 버린다.

프랑스 명언

인생을 살아가면서 크든 작든 많은 성공과
또한 수많은 시련이 찾아올 것이다.
사람들은 위기의 순간이 찾아오면 그것을
헤쳐 나오기 위해서 자신의 모든 감각과 능력을
총동원하게 된다. 이것은 보통 사람이라면
누구나 위험 앞에서 행해지는 행동 양식이다.
하지만 정작 위대한 인물들은 성공 뒤에
안주하는 것을 더 큰 위험으로 여기고 잠깐의
휴식도 허용하지 않는 자기 절제의
방법을 하나씩 가지고 있다.
젊은 날의 작은 성공이 마치 평생을 편안히
먹고 살 수 있다고 생각하는 사람은 절대
편안한 노후를 보내지 못할 것이다.

근심하지 마라,
근심은 인생을
그늘지게 한다.

J. H. 페스탈로치

수심이 가득한 사람은 얼굴에 나타나기 마련이다.
근심의 원천으로 돌아가 보면 사실 아무것도
아닌 것들이 대부분이다. 그리고 근심이 문제를
해결하지도 않는다는 것을 알 수 있다.
근심이 깊으면 잘 되는 다른 일에까지 파급되어
하던 일도 잘 안 되는 경우가 대부분이다.
지나간 일들은 잠시 접어 두고 조금 더 밝은
미래를 위해 자신을 아껴야 한다.

인간은 재주가 없어서라기보다는
목적이 없어서 실패한다.

윌리엄 A 빌리 선데이

길을 잃어 버려서 헤매는 사람과 애초에 갈 곳을
정하지 않고 이리저리 서성이는 사람의 방황은
큰 차이가 있다. 전자는 자신이 가지고 있는 모든
능력을 동원하여 가능 한 빠른 시간 안에 올바른
길을 찾아 내려고 노력하며 그 노력의 결실로
자신도 모르게 조금씩 능력이 향상되지만
후자는 오직 방황만이 있을 뿐이다.
인생의 출발점에서는 둘 다 모두 비슷한 곳에서
방황하는 것처럼 보이지만 시간이 지나면 지날수록
방황하는 장소가 큰 차이가 있으며
그것을 인지했을 때는 다시 따라 잡을 수 없게
된다. 젊을 때일수록 큰 꿈을 품고 그 꿈을
실현하기 위한 인생의 계획을 짜서
하루하루 실천해 나가는 버릇을 들이지 않으면
결국 인생의 낙오자가 되고 만다.

근면과 성실로 재산을 모은 것은
신의 섭리에 어긋나지 않는다.

캘빈

우리나라만큼 부자들이 존경받지 못하는 나라도
없을 것이다. 그것은 많이 가진 사람들이 어려운
사람들을 위해 가진 것을 나누지 못한다는 것보다
재산을 모으는 수단과 방법에 있어 잘못되었다고
생각하는 편이 맞을 것이다. 올바른 방법으로
축적된 부는 당연히 모든 사람들의 존경을
받을 것이다.

성공하는 사람들이란
자기가 바라는 환경을
찾아내는 사람들이다.
발견하지 못하면
자기가 만들면 된다.

조지 버나드 쇼

실패를 많이 하는 사람들을 보면 항상 환경 탓을
한다. 성공한 사람들이란 그럴 만한 환경이
주어졌기 때문이며, 자신에게도 똑같은 기회가
주어진다면 당연히 자신도 성공했다고 생각한다.
하지만 성공한 대부분의 사람들은 열악한
환경을 딛고 일어난 사람들이다.

만약 정말 사랑하고 싶다고 바란다면,
용서하는 것을 알지 못하면 안 된다.

마더 테레사

사랑 중에 가장 위대한 사랑이라 말하는
자식에 대한 부모의 사랑을 가만히 생각해 보면
희생과 용서라는 단어가 떠오른다.
이것은 무조건적인 희생과 용서이다.
이해해 줄 것과 그렇지 못할 것에 대한 기준이
사랑하는 사람에게는 의미가 없는 것이다.

왕이든 농부든 자신의 가정에
평화를 찾아낼 수 있는 자가
가장 행복한 자다.

J. W. 괴테

화목한 가정은 건축으로 비유하면 기초 공사에
해당한다. 기초 공사가 잘 되지 않고는 그 위에
아무것도 지을 수 없다. 화목하지 않은 가정을
가지고 그 어떤 성공도, 그 어떤 부의 축적도
한낱 모래성일 수밖에 없는 것이다.

승자는 어린이에게도 사과할 수 있지만,
패자는 노인에게도 고개를 숙이지 못한다.

J. 하비스

실수하기는 쉬운 일이지만 자신의 실수를
인정하기는 매우 어려운 일이다.
또한 같은 실수라도 자신이 먼저 발견하고
고치는 것과 상대방에게 먼저 발견되어
지적당하는 것은 매우 큰 차이가 있다.
부끄러움과 자존심에 상처를 입게 되기 때문이다.
이런 모든 것들을 다 감내하면서 상대방에게
고개를 숙일 줄 아는 사람이 진정한
삶의 챔피언이다.

여자는 자신의 장점 때문에
사랑을 받게 되는 경우에는
때로는 동의도 하지만,
언제나 바라는 것은
자신의 결점을 사랑해 주는
사람이다.

프레보

외나무 다리에서 한쪽은 내가 목숨을 바쳐서라도
사랑하는 사람이 빠져 있고, 다른 한쪽에는 나와는
상관없지만 여러 명이 빠져 있다면 누구를 구할까
라는 질문에 대부분의 사람들이 사랑하는 사람을
구한다고 대답했다. 그러면 당신과 같은 생각을
가진 사람만 사는 사회에서 살고 싶으냐고
물어보면 그건 아니라고 대답한다.
왜 그럴까?
이유는 간단하다. 자신의 인생에서 목숨을

내놓으면서도 사랑할 수 있는 사람이 어딘가에는
있을 것 같은 생각이지만 자신을 그렇게 사랑해
줄 사람이 있느냐에 대해서는 의문인 것이다.
모자라고 부족하니까 사랑하는 것이다.
사랑한다면 상대방의 모든 것을 이해할 줄
알아야 한다. 그래서 사랑한다 할 수 있을
것이다.

성공의 비결은 목적의 불변에 있다.
하나의 목표를 가지고 꾸준히
나아간다면 성공한다. 그러나
사람들이 성공하지 못하는 것은
처음부터 끝까지 한길로
나가지 않았기 때문이다.
최선을 다해서 나아간다면 장벽을
뚫고 만물을 굴복시킬 수 있다.

벤저민 디즈레일리

요즘같이 분업화 세분화된 세상에서는 아무거나
하나만 잘하면 먹고 사는 데 지장이 없다고 한다.
자기가 좋아하는 일을 하나 선택하여 끝까지 밀고
나가면 반드시 성공할 것이다.

일이 즐거움이라면 인생은 낙원이다.

일이 의무라면 인생은 지옥이다.

막심 고리키

인생을 살아가면서 꼭 해야 되는 일이 있다.

시간이 흘러 어른이 되어 나에게 선택권이

주어졌다고 그것이 없어지는 것은 아니다.

오히려 더욱더 많은 일들이 생겨난다.

운 좋게 자신이 하고 싶어하는 일과

맞아 떨어진다면 더할 나위 없이 좋지만

그렇지 못하다면 최대한 피해보는 것이 좋다.

그래도 해야 한다면 즐겁게 하는 것이

자기 인생을 망치지 않는 길이다.

어쩔 수 없이 하더라도 일을 자신의 것으로

완전히 지배하지 못하고

생활을 연명하기 위해서 끌려 다니면

심신이 빨리 늙어버린다.

친구들을 불신한다는 것은
그들에게 속은 것보다
더 수치스러운 일이다.

로셔푸코

믿지 못하는 이유는 다양하지만 결국 마지막은
자신의 마음의 병으로 온다. 의심으로 해서
얻어지는 것보다 속는 경우라도 믿음을 가지는
것이 더 많은 것을 얻을 수 있다.
믿지 못하는 친구는 곁에 두지 않는 것이
현명한 것인지도 모른다.

자신의 친구를 대신하여 인내하며,
고통 받기를 회피해서는 안 된다.

에드워즈

말하기 전에 먼저 어려움을 헤아릴 수 있다면
좋은 일이겠지만 최소한 도움을 구하는 손길은
뿌리치지 말아야 한다. 이런 저런 이유로 도움을
줄 수 있는 상황이 안 된다면 묵묵히 곁을 지켜
줄 수 있어야 된다. 아무 말 없이 같이 있어줄 수
있는 것만으로도 둘의 우정은 깊어질 것이다.

DAY 295

겁쟁이는 천 번을 죽지만,
사나이는 한 번만 죽는다.

W. 셰익스피어

꼭 전쟁에서만의 이야기는 아니다.
요즘 세상엔 여러 가지로 비겁함이 나타난다.
자신의 사리사욕을 위해서 비열한 짓을 한다면
살아도 산 것이 아니다.

DAY 296

고통은 인간의 넋을 슬기롭게 하는
위대한 스승이다.

에센 바흐

필요에 의한 작용으로 인간의 문명은 발전해 왔다.
즐거움과 행복도 슬픔과 고통이 없다면 의미가
없는 것이다. 사람은 좀 더 겸손해질 필요가 있다.

고난이 클수록 더 큰 영광이 다가온다.

M. T. 키케로

공짜로 얻은 물건을 하찮게 여기는 경우를
종종 봐 왔다. 행복도 이와 같아서 아무 노력
없이 얻어진 행복은 아무런 희열도 느끼지
못한다. 모진 역경을 이겨내야만 행복의
진정한 참맛을 알 수 있는 것이다.

현명한 사람은 기회를 찾지 않고,
기회를 창조한다.

베이컨

기회란 일정한 곳에 있어서 찾아 헤매는 것이
아니라 자신의 실력으로 만들어 가는 것이다.
이것은 무단한 자기 노력으로 가능하다.

DAY 299

자기 자신을 신뢰할 수 있으면
모든 것에 대한 자신이 생긴다.

라 리슈코프

이 세상 누구보다도 내 자신을 사랑한다면 어떤
자리에 나가도 어깨를 펴고 떳떳할 것이다. 당당히
어깨를 펴고 세상에 나가자. 모든 것은 내 자신이
어떻게 하느냐에 따라서 달라질 수 있다.

DAY 300

목표라는 항구를 모르는 사람에게
순풍은 불지 않는다.

L. A. 세네카

뭔가를 이루고자 하는 욕심이 없다면 시간이
지난 뒤에도 언제나 그 자리에 머무를 수밖에
없다. 발전을 원한다면 항상 목표를 갖자.

가치 있는 물건을 만드는 과정에서
생산되는 부산물이 '행복'이다.

올더스 헉슬리

행복한 삶을 위해 우리는 열심히 일을 하고
고난을 이겨내지만 행복한 삶이란 인생의
어느 순간에 있는 종착역이 아니다.
행복한 삶을 향해 나가는 일련의 과정이
모두 행복이란 사실을 깨달아야 한다.
헛된 시간 낭비 없이 알차게 보낸
하루가 행복이고,
모두 건강한 가족들을 보는 것이 행복이며,
열심히 일할 수 있는 내일을 맞이할 수
있는 게 모두 행복이다.

승리를 원한다면,
모든 것을 걸어야 한다.

나폴레옹

운동 경기 중에 패배하고 나온 사람들 중에
유독 눈물을 많이 흘리는 사람들이 있다.
이유를 물으면 자신의 기량을 다 발휘하지 못하고
패배를 해서 그게 너무 후회스럽다고 한다.
자기가 가지고 있는 모든 걸 발휘한다고
반드시 승리하는 것은 아니지만 최소한
후회하는 것은 없을 것이다. 승리는 그 다음이다.

가장 적은 욕심을 갖고 있기 때문에
나는 신에 가까운 것이다.

소크라테스

욕심은 밑 빠진 독이다. 아무리 채워도
언제나 허전하기 마련이다.
욕심을 제어할 줄 아는 사람만이 독을
채울 수 있다.

자기 분노의 물결을
막으려고
노력하지 않는 자는
고삐도 없이
야생마를 타는 셈이다.

L. 시버

축구 경기 중에 화를 참지 못하고 퇴장 당하고
그로 인해 팀이 패배하는 경우를 많이 봐 왔다.
언제나 냉정을 유지한다는 것이 무척 힘들지만
화를 다스리지 못하는 사람은
자신이 가지고 있는 역량을 마음껏 발휘할 수
있는 기회조차 잃어버리고 심지어는 주위
사람들에게도 피해를 입히는 경우가 있다.

우리의 위대한
인생 계획을 방해하는
두 가지가 있다.
하나는 어떤 일도
끝내지 않는 것이며,
다른 하나는 어떤 일도
시작하지 않는 것이다.

석가모니

바보들은 항상 생각만 한다.
하지만 시작만 거창하고 일을
끝맺을 줄 모르는 사람은
바보들의 종류 중에 최상급이다.
아무리 작은 일이라도 하나를 완벽하게
끝낼 줄 알아야 큰일을 시작하는데
두려움이 없어지기 때문이다.

분개한 사람만큼
거짓말 잘하는
사람은 없다.

F. W. 니체

자신의 감정을 추스르며

화를 다스릴 줄 모르는 사람은

주위의 여러 사람에게 피해를 준다.

평상시의 자신의 모습과는 전혀 다른

인간이 되기 때문이다.

군자는 곤궁한 처지에 빠져도
마음이 흔들리지 않는다.
그러나 소인은 곤궁하게 되면
난폭한 생각을 한다.

논어 위령공편

어려움은 인간을 시험에 빠지게 한다.
이 시험에서 자신을 다독이며 걸어 나갈 수
있어야 미래에 행복도 있는 것이다.
나쁜 길로 한 번 빠져들면 다시 나오기가
매우 어렵기 때문이다.

괴로움이 남기고 간 것을 맛보아라.

고통도 지나고 나면 달콤한 것이다.

J. W. 괴테

지금 내가 겪고 있는 이 모든 시련과 고난은 훗날
나의 성공 뒤엔 그저 좋은 추억일 뿐이다. 지금
힘들다고 너무 낙담하지 말고 좀 더 힘을 내자.

비록 환경이 어둡고 괴롭더라도
항상 마음의 눈을 넓게 뜨고 있어라.

명심보감

주위의 환경 탓을 하는 사람들은 대부분
실패한 삶을 사는 사람들이다.
누구에게나 어려움은 있는 것이다. 중요한 것은
얼마나 노력하느냐에 달려 있다.

고난이 있을 때마다
그것이 참된 인간이
되어가는 과정임을
기억해야 한다.

J. W. 괴테

내 주위의 환경이나 내 시선의 모든 사물들을
모두 긍정의 힘으로 받아들일 수 있도록 우리는
노력해야 한다. 지난날들을 가만히 생각해 보면
행복한 시간보다 고난의 시간이 더 많다는
걸 알 수 있을 것이다. 내 앞에 놓인 장애물은
단지 나를 단련시키는 도구라고 생각하고
기쁜 마음으로 이겨내야 할 것이다.

DAY 311

조금을 알기 위해서 많이 공부해야 한다.

<u>몽테스키외</u>

입 밖으로 지식을 이야기할 때는 그보다
몇 수십 배의 지식을 습득해야만 가능하다.

DAY 0312

배우지 않으면 곧 늙고 쇠해진다.

<u>주자</u>

흐르는 물이 썩지 않듯이 배움을 게을리하지
않는 사람은 영원히 늙지 않는다.
새로운 것에 대한 도전이 마음 속에서 항상
자신을 새롭게 태어나게 하기 때문이다.
비록 육체는 늙을지라도 배움에 대한 열정을
놓지 않으면 항상 젊음을 유지할 수 있다.

재물은 우물과 같다. 퍼 쓸수록 자꾸
가득 차고 이용하지 않으면 말라 버린다.

박제가

건전한 소비는 경제 활동에
활력을 불러 넣어 준다.

사랑에는 연령이 없다. 그것은
어느 때든지 생길 수 있는 것이다.

파스칼

사랑이란 기다린다고 해서 오는 것도 아니고,
포기했다고 해서 오지 않는 것도 아니며,
한 번 지나갔다고 해서 다시 오지 않는 것은
결코 아니다. 언제 어느 때고 사랑이
생겨날지는 아무도 모를 일이다.

DAY 315

사랑은 인간의 주성분이다.
인간의 존재와 같이 사랑은
완전무결하게 존재하고 있으며,
무엇 하나 더 보탤 필요가 없다.

J. G. 피히테

외형적으로 인간은 90%가 물이지만,
내형적으로는 90%가 사랑이다.

DAY 316

전에 한 사람도 사랑해 본 일이 없었던
사람은 전인류를 사랑하기란 불가능하다.

헨리크 입센

부모의 사랑을 많이 받고 자란 아이들이 나중에
커서도 건강한 사랑을 실천한다. 사랑은 하면 할수록
느는 것이고, 세상을 아름답게 만드는 것이다.

사랑은 가장 변하기 쉬움과 동시에
가장 파괴하기 어려운, 불가사의한 감정이다.
그것은 변형되며, 풍화하고 산화한다.
그러나 마음 속을 분석하든가,
또 추억하든가 하면, 그것은 또다시 완전한
형태로 조립되고, 재구성되게 된다.

레니에

사랑을 하게 되면 이 세상에 오직 나와 사랑하는
사람이외에는 아무것도 보이지 않는다.
주위에서 무슨 말을 하든 귀에 들리지 않고,
그 어떤 어려움도 이겨낼 수 있을 것만 같지만,
시간이 지나 정열적인 사랑의 시간이 지나면
언제 그랬느냐는 듯 쉽사리 마음이 변하고
헤어지며 아파하고, 슬픈 시간이 지나
추억이 될 즈음엔 자기 앞에
또 다른 사랑이 시작되고 있음을 깨닫게 된다.

DAY 318

사람이 아는 바는 모르는 것보다 아주 적으며,
사는 시간은 살지 않는 시간에 비교가 안 될 만큼
아주 짧다. 이 지극히 작은 존재가
지극히 큰 범위의 것을 다 알려고 하기 때문에,
혼란에 빠져 도를 깨닫지 못한다.

장자

지극히 짧은 시간을 살기 때문에 인간은 좀 더 많은
것을 하기 위해 그렇게도 발버둥칠지도 모른다.

DAY 319

사랑은 나이를 갖지 않는다. 왜냐하면
언제나 자신을 새롭게 만들기 때문이다.

파스칼

젊어지고 싶다고 병원에 가서 성형이나
비싼 화장품을 살 필요가 없다.
항상 사랑하면 되는 것이다.

애인의 결점을
아름다움으로 생각하지
않는다면,
그것은 사랑하지 않는
증거이다.

J. W. 괴테

처음부터 상대방의 모든 것이 좋을 수는 없다.
단지 그 사람의 일부분이 좋아져서 사랑으로
발전하게 되고 사랑이 모든 것을 좋게 보이도록
최면을 거는 것이다.
그 사람의 모든 것을 알고 나서도 사랑할 수
있는 것이야말로 정말 사랑하는 것이라 할 수 있다.
단점도 사랑할 수 있어야 그 사랑이 오래
지속될 수 있는 것이다.

사랑할 수
있다는 것은
모든 것을
할 수 있다는
뜻이다.

안톤 체호프

이 세상 모든 불가능을 가능하게 하는 것은
오직 사랑 때문이다. 자식을 위해 모든 것을
희생하는 어머니의 마음이 가장 쉬운 예이다.

친구가 되려는 마음을 갖는 것은 간단하지만,
우정을 이루기까지는 많은 시간이 걸린다.

아리스토텔레스

사람의 마음을 얻는다는 것이 얼마나
어려운지 인생을 조금만 살아보면 알 것이다.
하물며 친구라면 오죽하겠는가?
그것은 짧은 시간에 되는 것은 아니고
마음만 있다고 되는 것은 더더욱 아니다.

DAY 323

꿈을 날짜와 함께 적어놓으면 그것은 목표가 되고,

목표를 잘게 나누면 그것은 계획이 되며,

그 계획을 실행에 옮기면 꿈은 실현되는 것이다.

그레그 S. 레잇

막연히 머리 속에서 생각만 하면 그건 단지

생각에 지나지 않는다.

바보들의 공통점이 바로 생각만 있고 행동은

없다는 것이다. 세상의 바보로 살아가지 않기

위해서는 작은 것이라도 행동이 따라줘야 한다.

사람들은 돈을 벌기는 어려워도 쓰기는
쉽다고 말한다. 그러나 돈을 잘 쓰는 방법이
훨씬 더 어려운 것이다.
돈을 잘 쓰는 사람은 인생의 승리자가 되고,
그렇지 못할 경우에는 패배자가 된다.
그렇기 때문에 집안이 번영하고 못하고는
주부에게 그 절반의 책임이
있다는 것을 알아야 한다.

그라쿠스

보통 사람들은 아무리 많이 벌어도 항상 모자라기
마련이다. 꼭 써야 되는 곳들은 정해져 있는데
모자란 돈을 가지고 어떻게 쓰느냐에 따라 가정이
잘 되느냐 그렇지 않느냐가 달려 있다.
그러므로 이것은 버는 것보다 더 중요한 문제이
다. 혼자 생각해서 될 문제가 아니므로 서로 머리
를 맞대고 심사숙고해서 판단하는 것이 가장 좋다.

돈은 누군지를 묻지 않고,
그 소유자에게 권리를 준다.

라스킨

훔친 돈은 경찰이 물어본다. 오직 땀 흘려
번 돈만이 이유를 묻지 않고 권리를 준다.

돈은 모든 불평등을 평등하게 만든다.

F. M. 도스토옙스키

가장 손쉬운 신분 상승의 도구는 돈이다.

DAY 327

말이 있기에 사람은 짐승보다 낫다.
그러나 바르게 말하지 않으면
짐승이 그대보다 나을 것이다.

사아디

말은 언제나 양면이 있다. 바르게 쓰면
약이 되고 잘못 쓰면 그보다 더한 독약이 없다.
말 한 마디 한 마디에 신경을 쓰지 않으면
타인은 물론 자신에게도 큰 화를 초래할 것이다.

우리들에겐 사랑
그 자체로 충분하다.
마치 목적을 두지 않고
방랑 그 자체의
즐거움을 얻듯이.

헤르만 헤세

목적과 수단을 잘못 판단하여 세상엔
불상사가 많이 일어난다.
그중에서 사랑은 절대 헷갈려서는
안 될 것 중에 하나이다.

어떻게 하는지 아는
사람은 일자리를 얻지만
왜 해야 하는지를 아는 사람은
그 사람을 부리는 윗사람이 된다.

찰스 젠슨

세상은 늘 능동적인 사람을 대우해 준다.
누가 시켜서 하는 일보다 자신이 하고 있는
일이 전체에서 어떤 의미가 있으며 왜 해야
하는지 정확히 알아야 일도 힘들지 않고
자기의 능력도 한층 업그레이드되는 것이다.

DAY 330

사랑은 그것이 비밀이 아니게 되는 만큼
즐거움도 사라진다.

O. 벤

지금까지 유치하게 생각되어진 모든 행동들이
사랑하는 순간에는 자신도 모르게 그것을
하고 있다. 사랑하는 사람들은 모든 것이
즐거움이다. 그것이 비밀이라면 더더욱 그렇다.

DAY 331

모든 사랑은 다음에 오는
사랑에 의해서 정복된다.

오비디우스

정복되어지지 않는 사랑이 당신의 마지막 사랑일
것이다. 그리고 마지막 사랑을 위해서 그렇게
많이 정복되었는지도 모를 일이다.

DAY 332

연애란 우리 영혼의 가장 순수한 부분이
미지의 세계로 향하는 성스러운 그리움이다.

조르주 상드

남자와 여자가 만나서 사랑을 할 땐
아무리 흉악한 범죄자라도 그 순간만큼은
어린아이처럼 순수해진다.

DAY 333

감사하는 마음은
가장 위대한 미덕일 뿐만 아니라
다른 모든 미덕의 근원이 된다.

M. T. 키케로

내가 살고 있는 것은 내가 잘나서 사는 것이 아니다.
정말로 잘나서 살아간다고 생각한다면 하다못해
자신에게라도 감사하는 마음이 있어야 한다.

DAY 334

여성을 소중히 지킬 수 없는 남자는
여성의 사랑을 받을 자격이 없다.

J. W. 괴테

동서고금을 막론하고 여성을 함부로 다루는
남성치고 제 명에 산 사람은 드물다.

DAY 335

내 키를 땅에서부터 재면 누구보다 작아도,
하늘로부터 재면 누구보다 크다.

나폴레옹

의심은 의심을 낳고 단점을 보려고 하면 할수록
더 많은 단점이 보이는 게 세상의 이치이다.
아무리 어려운 상황이라도 긍정적인 마인드를
갖는다면 세상에 못 헤쳐 나갈 일이 없을 것이다.

내가 인생을 알게 된 것은
사람과 접촉해서가 아니라
책과 접하였기 때문이다.

A. 프랜스

인생의 모든 역경을 딛고 일어설 수 있는 힘이
책에서 나온다. 책을 읽지 않고서는 험한 인생의
가시밭길을 헤쳐 나갈 수가 없다.
책은 사람을 만드는 가장 훌륭한 스승이다.

사랑은 인간 생활의 최후의 진리이며
최후의 본질이다.

슈와프

인간을 영원히 살게 하는 것은 사랑 때문이다.
절대 불변하는 최고의 진리는 사랑이다.

DAY 338

사랑이란 인생의 좋은 될지언정
수인이 되어서는 안 되는 법이다.

B. A. W. 러셀

인생을 살아가면 늘 사랑은 존재한다. 마치
공기와도 같이 존재하지만 인생은 될 수가 없다.

DAY 339

사랑에 대한 유일한 승리는 탈출이다.

나폴레옹

사랑하는 사람을 곁에 두고 사랑하지 않기는
불가능하다. 오직 그리움을 데리고 도망가는
수밖에 없다.

사랑의 비극이란 없다.

사랑이 없는 가운데서만 비극이 있다.

데스카

사랑에 의해서 파생되어지는 모든 것들은

행복이지만 사랑이 없는 것은 오직 고통뿐이다.

사랑 받지 못하는 것은 슬프다.

그러나 사랑할 수 없는 것은 훨씬 더 슬프다.

M. D. 라이크

이 세상 그 무엇도 사랑할 수 없다는 것은

그 어떤 사랑도 받지 못하는 것과 같은 것이다.

자신이 누구에게 사랑받지 못한다고

투정부리거나 실망할 필요가 절대 없다.

내가 먼저 사랑하면 되는 것이다.

희망은 절대로 당신을 버리지 않는다.
단지 당신이 희망을 버릴 뿐이지.

리저트 브뤼크너

포기하면 뒤에는 아무것도 없다. 불가능은 하지
못함이 아니라 포기해야 되는 사람들의 변명을
위해 만들어놓은 단어일 뿐이다. 좀 더 힘들
뿐이지 못할 것이 이 세상엔 아무것도 없다.

그 사람됨을 알고자 하면
그의 친구가 누구인가를 알아보라.

터키 속담

친구는 내 마음의 거울이다. 항상 닦아줘야
깨끗한 모습으로 비춰줄 것이다.

설사 친구가 꿀처럼 달더라도
그것을 전부 빨아 먹지 마라.

탈무드

지금 당장 자신의 위기를 모면하기 위해서
친구를 회생 불가능으로 만든다면 나중에
반드시 자기에게 그 위기가 돌아온다.
친구는 일회용으로 써먹는 사람이 아니다.
영원히 함께 옆에서 지켜줘야 하며
내가 도움을 받아야 하는 존재이다.

형제는 하늘이
내려주신 벗이다.

속담

자신의 노력 여하에 따라서 친구를 만들고
못 만들고 할 수 있지만 형제는 이미 만들어진
친구를 자신의 노력 여하에 따라서
큰 적이 될 수도, 좋은 벗이 될 수도 있다.
요즘 형제끼리 불화가 생기는 경우가 많이 있다.
조금씩 양보하고 서로를 배려한다면 하늘에서
맺어준 친구의 우정을 영원히 간직할 것이다.

명성은 화려한 금관을 쓰고 있지만
향기 없는 해바라기이다.
그러나 우정은 꽃잎 하나하나마다
향기를 풍기는 장미꽃이다.

올리버 웬들 홈스

자신의 안위를 위해 우정을 버리는
어리석은 짓은 하지 말아야 한다.

가치있는 적이 될 수 있는 자는,
화해하면 더 가치있는 친구가 될 것이다.

<u>펠담</u>

살아가는 것이 곧 경쟁인 요즘 세상엔 영원한
적도 영원한 동지도 없다고 한다. 다만 경쟁자를
나와 평생 함께할 수 없는 사람이라고
판단해 버리면 자기 스스로 좋은 친구를 한 명
없애는 어리석은 짓을 하는 것이다.

자부심은 스스로를 사랑하는 자신의 과대 평가다.

<u>스피노자</u>

자신을 사랑하지 않는 것도 문제지만
너무 많이 사랑하는 것도 큰 문제이다.
둘 다 자신을 정확히 보지 못하는 것은
마찬가지이다.

마음을 털어놓을 수 있는 친구가 없는 사람은
자신의 마음을 잡아먹는 사람이다.

프란시스 베이컨

이 세상은 혼자 살아갈 수 없다. 이따금 뉴스에서
주위에 아무도 이야기할 수 없는 사람이 곧잘
정신병에 걸려 범죄자가 되기도 한다.
자신의 고민을 이야기할 수 있다면 이 세상에서
범죄를 90%는 줄일 수 있을 것이다.

맹수를 두려워하지 말고
악한 벗을 두려워하라.
맹수는 다만 몸을 상하게 하지만,
악한 벗은 마음을
파멸시키기 때문이다.

아함경

좋은 벗은 자신의 마음을 이롭게 하고
나쁜 벗은 자신을 파멸로 이르게 한다는
말은 누구나가 알고 있지만,
누가 좋은 벗이고 누가 악한 벗인가의
판단은 어떻게 할 것인가?
한 번 생각해 보아야 한다. 또한 자신은
상대방에게 좋은 벗인지도 먼저 생각해 볼
필요가 있다.

샘에서 솟아나는 물이 겨울에도 얼지
않듯이 가슴에서 우러나는 우정은
불행이 닥쳐도 식지 않는다.

제임스 페니모어 쿠퍼

항상, 늘, 변함없이란 단어들은 진정한
친구들이 갖추어야 될 필수 조건이다.

친구란 영혼을
묶어주는 끈이다.

볼테르

영혼이란 연기와 같아서 묶어서 걸어놓지
않으면 하늘로 사라져 버린다.

DAY 353

인간이 육체를 가진 이상
애정은 언제나 필요하다.
그러나 영혼을 깨끗하게 하고
성장케 하는 데는
우정이 필요하다.

헤르만 헤세

지저분한 사람의 얼굴을 보고 자신이
그렇다고 생각하고 얼굴을 씻는 사람의
일화처럼 친구는 내 마음을 깨끗이
씻어낼 수 있게 도와주는 거울이다.

친구가 없는 것만큼 적막한 것은 없다.
우정은 기쁨을 더해 주고
슬픔을 감해 주기 때문이다.

그라시안

공유할 수 없음은 적막한 사막과도 같다.
기쁨도 슬픔도 공유되어질 때 살아가는
느낌이 생겨나는 것이다.

불행은 진정한 친구가
아닌 자를 가려준다.

아리스토텔레스

고난과 역경 속에서도 묵묵히 자리를 지켜주는
친구가 한두 명 정도 없다면 그 사람은 인생을
헛되이 산 것이다.

웃음도 눈물도 그렇게
오래 가는 것은 아니다.
사랑도 욕망도 미움도
한 번 스치고 지나가면,
마음 속에 아무런 힘을
미치지 못하는 것이라고
나는 생각한다.

어네스트 다우슨

지금 당장 못 견딜 것 같은 슬픔도 시간이 해결해
준다는 상식을 알지 못하는 사람들 가운데 곧잘
목숨을 끊는 경우가 있다. 나에게 다가온 모든
기쁨과 슬픔은 시간 앞에선 한낱 연기일 뿐이다.

DAY 357

용기는 별로 인도하고,
두려움은 죽음으로 인도한다.

L. A. 세네카

시작하는 두려움은 누구나 가지고 있다.
한 발짝 내디딜 수 있는 작은 용기가 나중에
큰 차이를 만든다. 일단 시작하고 나면 아무것도
아니라는 것을 금방 알 수 있을 것이다.
하지만 시작하지도 못한다면 항상 두려움에
시달려야 할 것이다.

DAY 358

버림으로 얻으리라.

그대여, 탐내지 마라.

우파니샤드

죽음을 피할 수 없다면 자신에게 주어진 시간을
값지게 쓰는 것이 낫고, 욕심을 채울 수 없다면
만족하는 방법을 터득하는 것이 낫다.

입에 맛있는 음식은
창자를 짓무르게 하고
뼈를 썩게 하는
나쁜 약이므로
마음껏 먹지 말고
반쯤에서 멈추면 재앙이 없다.
마음에 상쾌한 일은
모두 몸을 망치고
덕을 잃게 하는 중매이므로
너무 탐닉하지 말고
반쯤에서 멈추면
뉘우침이 없다.

채근담

언제나 나쁜 것에는 달콤한 유혹이 도사리고
있다. 이것을 명심하고 절제할 줄 아는 사람만이
행복한 인생을 살아갈 자격이 주어지는 것이다.

질병은 몸의 고장이 아니라
마음의 고장이다.

<u>에디 부인</u>

중병에 걸렸을 때 가장 시급한 문제는
나을 수 있다는 희망을 버리지 않는 것이다.
포기하는 순간 질병은 더욱더 깊어질 것이다.

건강을 유지하는 것은 자신에 대한
의무이며, 또한 사회에 대한 의무이다.

<u>벤자민 프랭클린</u>

자기 관리를 잘하는 사람에게는 언제든 기회가
오기 마련이다. 건강을 챙기지 못한다면 자기에게
올 수 있는 기회조차 버리는 어리석은 짓이다.

건강한 자는 모든 희망을 안고,
희망을 가진 자는 모든 꿈을 이룬다.

아라비아 격언

아무리 좋은 꿈을 꾼들 건강을 잃어 버리면 아무
의미가 없다. 건강한 신체를 유지하고 있어야만
꿈도 이룰 수 있는 기회를 얻게 될 것이다.

죽을 때에 죽지 않도록 죽기 전에
죽어두어라.
그렇지 않으면 정말 죽어버린다.

F. 엥겔스

인간은 언젠가는 죽게 되어 있다. 죽음에 대한
공포로 인해 자기에게 주어진 시간을 허비한다면
생을 마감할 때는 정말 후회만 남게 될 것이다.

DAY 364

인간에게 가장 고통스러운 죽음은
그가 미리 아는 죽음이다.

바킬리데스

죽음의 시간을 알지 못하기 때문에
인간이 행복한 것이다.

DAY 365

잘 보낸 하루가 행복한 잠을 가져오듯이,
잘 쓰여진 인생은 행복한 죽음을 가져온다.

레오나르도 다빈치

허비하는 시간 없이 알차게 하루하루를 보낸다면
생애 마지막에는 웃을 수 있을 것이다.

인간은 목표를 추구하도록
만들어 놓은 존재다.

M. 말츠

얼굴에 생기가 없고 눈이
흐리멍덩한 사람들은
인생의 목표를 잠시
잠깐이나마 놓친 사람들이다.
빠른 시간 안에 자신을
추스르지 못한다면 꿈마저
잃어버린다. 그러면
고칠 약도 없는 것이다.

얼마나 깊이 괴로움을 겪는가에 따라
그 사람의 훌륭함이 결정된다.

F. W. 니체

시험에 통과한 사람에게 박수를 보내듯 인생
은 시험의 연속이다. 시험의 난이도가 높으면
높을수록 그 사람은 더 많은 박수를 받을 것이다.

결점 없는 사람을 고르다가는
끝내 벗을 얻을 수 없다.

프랑스 속담

완벽하지 못하기 때문에 친구가 필요한 것이다.
나의 부족한 면을 채우고 상대방의 부족한 면을
채워주는 것이 우정이다.

그 어떤 희망이든 자신이 품고 있는
희망을 믿고 인내하는 것이
바로 인간의 용기이다.
그러나 겁쟁이는 금세 절망에 빠져
쉽게 좌절해 버린다.

에우리피데스

어떤 일을 완수하기 위해서는 크건 작건 시련이
몇 번씩 오기 마련이다. 이것을 통과하지 못하면
자신이 처음 시작했을 때 가졌던 결과는
기대하기 어렵게 된다.
어떤 시련이 와도 자신이 믿고 있는 것을
굳건히 믿고 꿈을 향해 한 발 한 발 나아갈
수 있는 힘이 바로 용기이다.

기대하지 않는 자는
실망하지도 않을 것이다.

울거트

있는 그대로 볼 수 있다면 실망도 하지 않는다.
특히 대인 관계에서는 자기 멋대로 상대방을
상상하는 것은 금물이다. 상대방이 지나간
자리를 그저 바라볼 수 있는 따뜻한 시선만
있으면 되는 것이다.

내 비장의 무기는
아직 손 안에 있다.
그것은 희망이다.

나폴레옹

모든 사람들의 마음 속에는 희망이 있다.

한 번 쓰면 없어지는 것이 아니다.

절망이 다가오면 언제든지 꺼내 써야 하는 것이다.

너무 아끼려 하다가는 큰 낭패를 볼 것이다.

DAY 373

네가 가지고 있는 최선의 것을 세상에 주라.
그러면 최선의 것이 돌아오리라.

M. A. 베레

남들과 똑같이 자고, 놀고, 일하면서 남들보다
더 많은 것을 바라는 것은 도둑놈이나 하는
생각이다. 더 많은 기회를 얻기 위해서 자신에게
좀 더 가혹할 필요가 있다.

DAY 374

자기 자신을 현명하다고 생각하는
인간은 그야말로 바보이다.

볼테르

무엇인가를 가졌다면 더 이상 그것을 필요로
하지 않는다. 스스로 현명하다고 생각하는
그 순간부터 더 이상 현명한 사람이 아니다.

우리들은 모두 남의 불행에
견딜 수 있을 만큼 충분히 행복하다.

F. D. 라 로슈푸코

사회적 약자에 대한 배려가 많이 필요한 때이다.
나누면 나눌수록 더욱더 충만해지는 게 행복이다.

시간은 우정을 강하게 만들고
사랑은 약하게 만든다.

라 브르예르

세월의 흐름 속에서도 꺼지지 않는 사랑을
유지하기 위해서는 서로의 많은 노력이
필요하다. 그것은 우정도 마찬가지이다.

DAY 377

진정한 발견은 새로운 땅을 찾는 것이
아니라 새로운 눈으로 보는 것이다.

프루스트

작은 관점의 차이는 때때로 엄청난
효과를 보일 때가 있다.

DAY 378

굳은 인내와 노력을 하지 않는 천재는
이 세상에서 있었던 적이 없다.

아이작 뉴턴

꿈을 향해 가는 과정은 결코 쉬운 길이 아니다.
매일같이 만나는 고난들을 참아내며 거기에
굴하지 않고 묵묵히 앞을 향해 걸어나가야 한다.
위대한 승리자는 누구나 될 수 있지만
아무나 되는 것은 아니다.

불완전한 인간이기에
더욱 사랑이 필요하다.

오스카 와일드

결점이 많은 인간을 창조한 신은 자신의 실수를
사랑이란 치료제와 더불어 세상에 내보냈다.

우리가 부모가 됐을 때
비로소 부모가 베푸는
사랑의 고마움이 어떤 것인지
절실히 깨달을 수 있다.

헨리 워드 비처

부모님의 사랑은 아무리 이해하려 해도
이해할 수 없는 것이다. 단지 가정을 이루고
아이를 키워 봐야 그때야 비로소 알 수 있다.

DAY 381

부드러운 말로 상대방을
설득할 수 없는 사람은
거친 말로도 정복하지 못한다.

안톤 체호프

자신의 주장을 관철시키기 위해서는 굉장한
인내심이 필요하다. 어느 때고 냉정을 유지하며
자신의 주장을 조목조목 이야기하는 습관이
없으면 항상 우리 국회와 같은 사태가 발생한다.

DAY 382

가정에서 행복해지는 것은 온갖
염원의 궁극적인 결과이다.

S. 존슨

우리가 지금 열심히 노력하며 살아가는 이유는
가정의 행복을 위해서일지도 모른다.

사람은 집에 있을 때
그의 행복에 가장 가까워지고,
밖으로 나가면 그의 행복에서
가장 멀어지는 법이다.

J. G. 홀런드

자신의 집만큼 편안한 안식처가 없다는 것은
짧은 여행을 해본 사람은 금방 알 것이다.
여행의 최종 목적지는 바로 집이다.
집에 돌아왔을 때의 안도감이 바로 행복이다.

그대가 헛되이 보낸 오늘은,
어제 죽은 자가 그토록
가지고 싶어하던 내일이다.

랄프 W. 애머슨

세계 10대 부자들에게 젊은 사람들과 서로 재산과
나이를 바꾸자고 하면 모두 그러겠다고 한다는
조사가 있었다. 이유는 간단하다. 젊다는 것은
무엇이든 가능함을 함축하고 있기 때문이다.
하물며 살아서 내일을 맞이할 수 있다는 것이
얼마나 큰 가능성을 가지고 있겠는가?
자신의 처지를 비관하여 미리 포기해 버리지 말고
지금 당장 일어나서 다시 한 번 꿈을 향해
오늘 하루를 알차게 보내야 할 것이다.

DAY 385

요즈음은 부모에게 물질로써
봉양함을 효도라 한다.
그러나 개나 말도 집에 두고
먹이지 않는가.
공경하는 마음이 여기에 따르지 않으면
짐승과 무엇이 다르겠는가.

논어 위정편

비단 부모님에 대한 봉양뿐만 아니라 사람에
대한 모든 행동들보다 상대방에 대한 마음이
선행되지 않으면 한낱 짐승과 같은 것이다.

아내를 눈으로만 보고
택해서는 안 된다.
눈보다는 귀로써
아내를 선택하라.

T. 풀러

외모도 그 사람의 일부분이기 때문에
어쩔 수 없이 외모를 볼 수밖에 없다.
항상 문제가 되는 것은
외모가 중심이 된다는 점이다.
평생의 동반자를 외모만 가지고 선택한다면
얼마 지나지 않아 파탄이 날 것이다.

DAY 387

젊을 때에 배움을 소홀히 하는 자는
과거를 상실하고 미래도 없다.

에우리피데스

배움이란 언제까지가 없다. 죽는 그 순간까지
배우고 또 배워야만 살아갈 수 있는 것이다.
이것은 단 한순간도 숨을 쉬지 않고는
죽는 것과 같은 것이다.

DAY 388

행복의 원칙은
첫째, 어떤 일을 할 것,
둘째, 어떤 사람을 사랑할 것,
셋째, 어떤 일에 희망을
가질 것이다.

I. 칸트

어떤 고난과 역경 속에서도 행복한 미래를
꿈꾸며 주위의 모든 것들을 사랑하며 묵묵히
자기 일을 해 나갈 때 우리는 행복할 것이다.

모두가 행복해질 때까지는
아무도 완전히 행복해질 수는 없다.

H. 스펜서

주위 사람은 어떻게 되든 나만 행복해지면
된다는 이기적인 생각은 버리는 것이 좋다.
너와 내가 다 같이 행복할 때 비로소
행복한 것이다.

백년을 살 것같이 일하고
내일 죽을 것같이 기도하라.

벤자민 프랭클린

어떤 어려움 속에서 묵묵히 겸손한 마음으로
일한다면 반드시 성공에 이르게 될 것이다.

진실은 빛과 같이 눈을 어둡게 한다.
거짓은 반대로 아름다운 저녁 노을처럼
모든 것을 멋지게 보이게 한다.

A. 카뮈

한 번의 거짓말로 위기를 탈출한 사람은
곧잘 거짓말의 위력에 경탄한 나머지 그 늪에
빠지게 된다. 한 번 빠지면 헤쳐 나오기가
매우 어려운 것이 거짓말의 함정이다.
하지만 시간이 흐름에 따라 자신이 점점
파멸되어 가고 있음을 알 수 있을 것이다.

정직을 잃은 자는
더 이상
잃을 것이 없다.

J. 릴리

한두 번의 거짓말은
주위 사람들에게
용서가 되지만 반복된 거짓말은
그 사람 자체를 믿지 못하게 만든다.
그래서 정작 사람들에게 진실된
말을 하여도 믿어주지 않는다.
신뢰를 한 번 잃으면 그 대가는
엄청나게 큰 결과로 자기에게
돌아온다.

미래는
일하는 사람의 것이다.
권력과 명예도 일하는
사람에게 주어진다.
게으름뱅이의 손에
누가 권력이나 명예를
안겨줄까.

칼 힐티

자신이 원하는 것이 있다면 땀을 흘려야 한다.
가만히 앉아 있으면 아무것도 이룰 수가 없다.
지금 자신이 꿈꾸는 것을 생각해 보고 하나하나
목표를 세우고 바로 실천으로 옮긴다면
꿈이 꿈으로만 끝나지는 않을 것이다.

아는 것을 안다 하고
모르는 것을 모른다 하는 것이
말의 근본이다.

순자

요즘 세상은 말들이 너무 많다.
아는 것만 말해도 복잡한 세상인데
모르면서도 아는 체하는 게 가장 문제이다.
심지어는 자기가 무엇을 모르는지조차
모르는 사람이 많다.

부란 바닷물과 비슷하다.

마시면 마실수록 목구멍에

갈증이 오는 것이다.

A. 쇼펜하우어

백억을 가진 사람은 고민이 없을 것 같지만

사실은 이백억을 못 만들어서 더 걱정이

많다는 사실에 매우 놀란 적이 있다.

스스로의 객관적인 자기 만족의 기준이 없다면

늘 노심초사하면서 인생을 살아가야 할 것이다.

질투 속에는 사랑보다
이기심이 더 많다.

F. D. 라 로슈푸코

질투가 간혹 사랑의 다른 형태로
오인되는 경우가 있는데 그것은
희생이 그만큼 모자라다는 반증이다.

한 사람을 죽이면 그는 살인자다.
수백만 명을 죽이면 그는 정복자이다.
모든 사람을 죽이면 그는 신이다.

J. 로스탕

전쟁은 지금까지 살아왔던 모든 것들의
파괴이다.
어떤 경우에도 전쟁은 피해야 한다.

부귀공명의 마음을 다 놓아버려야
범속의 자리를 벗어날 것이요,
인의나 도덕의 마음을 다 털어버려야
비로소 성현의 자리에 들어갈 것이다.

채근담

좋은 곳에서 자고 싶고, 맛있는 음식을 먹고
싶은 것이 모두 인간의 마음이라고는 하지만
이 모든 것들이 사리에 맞지 않고 남의 것을
탐한 것이라면 자신의 몸을 망가뜨리는
독약과도 같은 것이다.

명예는 물 위의 파문과 같으니,
결국은 무(無)로 끝난다.

W. 셰익스피어

명예를 좇는 사람들이 인생의 마지막에
깨닫는 것은 명예의 최고 꼭대기에는
아무것도 없다는 것이다.
늘 처음과 같은 것이 명예이다.

DAY 400

자화자찬하는 사람은
자신 외에는 아무도 보지 못하는 법이다.
자신만을 보는 사람의 신세보다는
오히려 장님이 더욱 낫다.

사아디

벼는 익을수록 고개를 숙이는 법이다.
작은 일에도 호들갑을 떠는 사람들은
종종 사회에서 격리되는 경우가 있다.

DAY 401

가르치는 것은 두 번 배우는 것이다.

J. 주베르

머리 속에는 잘 알고 있다고 생각하는 것도 막상
실행해 보려면 잘 안 되는 경우가 많이 있다.
가르치는 것만큼 좋은 복습이 없다.

어려운 일을 쉽게 만들 수 있는
사람이 교육자이다.

H. F. 아미엘

어둠의 길을 신념의 등불로 밝히며 앞으로 나가는
사람들이 교육자이다. 이런 분들을 존경하지 않는
사회는 언제나 길을 잃고 헤매게 된다.

한 명의 훌륭한 교사는, 때로는 타락자를
건실한 시민으로 바꿀 수 있다.

P. 윌리

위대한 스승은 때때로 세상의 불가능한 것들도
가능하게 하는 경우가 종종 있다. 하지만 훌륭한
교사가 세상에 그렇게 많지 않은 것이 문제이다.

공부 잘한 사람만이
사회에서
성공하는 것은 아니다.
배운 것을 응용할 줄
알아야 한다.

손자병법

성공과 실패의 차이는 많이 아느냐가 아니라
얼마나 많이 행동했느냐에 달려 있다.
많이 알고도 적절하게 써먹을 줄 모른다면
적게 알고 모두 쓸 줄 아는 사람보다
인생에 있어서는 성공하지 못한 사람이다.
자신이 알고 있는 것을 지혜롭게 쓸 줄 아는
사람이 곧 성공에 이르게 될 것이다.

DAY 405

고통을 거치지 않고 얻은
승리는 영광이 아니다.

나폴레옹

공짜가 좋기는 하지만 자신이 제일 애정을 쏟는
물건은 자신의 노력으로 얻은 것이다.

DAY 406

승자는 시간을 관리하며 살고,
패자는 시간에 끌려 다니며 산다.

J. 하비스

단 1초라도 헛되이 보내지 않는다면 우리는
반드시 인생의 성공을 성취할 수 있다. 하지만
사람들은 인생의 대부분을 그냥 흘려보낸다.

DAY 407

시작하라. 그 자체가 천재성이고,

힘이며, 마력이다.

J. W. 괴테

자신의 머리 속에 생각하고 있는 일들 중에

백분의 일만 실천해도 세상에서 가장 위대한

사람이 될 것이다. 머뭇거리지 말고 실패의

두려움에 사로잡혀 있지 말고 지금 당장 시작하자.

DAY 408

청춘은 온갖 것이 모두 실험이다.

G. 스티븐스

아무것도 없는 상태이기 때문에 무엇이든

가능하다. 생각하고 있는 모든 것을 실행하고

실패해 보는 것은 먼 미래에 대한 투자이다.

우리들의 최대의 영광은
한 번도 실패하지 않는 것이 아니라,
쓰러질 때마다 일어나는 데 있다.

골드 스미스

실패가 실패로만 끝나지 않으려면 실패 속에서
다시 시작해야 한다. 실패한 채로 그대로 주저앉아
있으면 말 그대로 실패한 인생밖에는 안 되는
것이다. 적지 않은 굴욕도 있을 수 있고,
자존심에 상처도 받았겠지만 그래도 반드시
일어서야 한다. 긴 시간 동안 자신을 갈고 닦는다면
반드시 성공을 이룰 수 있다.

DAY 410

목적이 멀면 멀수록 더욱더
앞으로 나아감이 필요하다.
성급히 굴지 마라. 그러나 쉬지 마라.

G. 마치니

인생을 살아감에 있어 가장 좋은 방법은
거북이 걸음이다. 천천히 쉬지 말고 가면
다른 어떤 사람보다 먼저 꿈을 실현할 수 있다.

DAY 411

내일이란 어리석은 사람의 달력에만 있다.

처세훈

입버릇처럼 "내일 하지 뭐."라는 말을 달고
사는 사람들은 10년이 지나 다시 봐도 항상
그 자리에 있다. 나를 발전시키고 꿈을 실현하는
사람들에게는 내일이 있을 수 없다.

위대한 것 치고 정열 없이 이루어진 것은 없다.

R. 에머슨

꿈을 실현하기 위해서는 굳은 신념이 필요하다.
이 신념은 뭔가를 이루고자 하는 열정이 밑바탕
되지 않고는 한순간에 허물어지는 경우가 있다.

먼저 의심하라. 다음에 탐구하라.
그리고 발견하라.

바클

어린아이들에게 호기심을 배양시키는
프로그램들이 여럿 있다. 무엇이든 "왜?"라는
명제가 위대한 창조의 기초가 되는 것이다.

DAY 414

자기 교육의 진정한 방법은
모든 것을 의심해 보는 일이다.

<u>존 스튜어트 밀</u>

'생활의 달인'이란 프로그램을 보면 각 분야에서
최고의 기술을 가진 사람들이 나와서 상상도
못하는 결과를 돌출하는 장면이 있다.
이런 사람들의 행동 양식은 당연한 모든 것을
의심하는 데서 찾을 수 있다. 그래서 자신만의
방법을 새롭게 창출하는 것이다.

DAY 415

기회를 기다려라.
그러나 절대로
때를 기다려서는
안 된다.

F. M. 밀러

기회는 열심히 일하는 사람들에게 주어지는
일종의 보너스이다. 말 그대로 보너스는
보너스일 뿐이다. 일도 하지 않는 사람에게는
보너스가 지급되지 않는다.

무엇인가 의논할 때는 과거를,
무엇인가 누릴 때는 현재를,
무엇인가 할 때는 미래를 생각하라.

L. A. 세네카

지금 내가 누리고 있는 이 행복이 과거의 행동에
대한 보답이라면 미래의 행복을 위해선 마냥
앉아서 쉴 수만은 없을 것이다. 모든 미래는
지금 내가 어떻게 행동하느냐에 따라 얼마든지
달라질 수 있는 것이다.

최후의 승리는 출발선의
비약이 아니라
결승점에 이르기까지의
끈기와 노력이다.

워나 매커

시작만 요란하고 거창하나 끝이 무딘 사람 치고
어떤 조직에서 환영 받는 걸 보지 못했다.
큰 일이든 작은 일이든 끝맺음할 수 있다는 건
시작하는 것의 몇천 배는 힘이 들기 때문이다.

DAY 418

나는 누구에게도
굴복하지 않지만
열심히 일한 사람에게는
머리를 숙인다.

T. 에디슨

힘들여 땀흘린 사람만큼 고귀한 사람도 없다.
주위의 환경에 휩쓸리지 않고 자신의 위치에서
해야 할 일을 묵묵히 하는 사람들을 주위에서
많이 찾아볼 수 있다.
그런 사람들이 대우를 받는 사회였으면 좋겠다.

행운은 위대한 스승이다.
불운은 더욱 위대한 스승이다.

하즈리

스승이란 다른 게 없다. 경험을 통해 내가
배움이 있다면 그게 바로 스승이다.
그런 면에서 불행, 고난, 역경과 같은 것들은
위대한 스승이라 하겠다.

위대한 희망은 위대한 인물을 만든다.
산은 오르는 사람에게만 정복된다.

토머스 풀러

꿈은 이루고자 하는 열정이 있는 사람의 눈에만
보이는 것이지 아무것도 하지 않는 사람에게는
눈을 씻고 찾아봐도 볼 수 없다.

이해하고 있지
않은 것은
소유하고 있는
것이 아니다.

J. W. 괴테

누가 시켜서 억지로 하는 일들은 대부분
성과가 나지 않을 뿐더러 자신에게도 결코
도움이 되지 못한다. 왜 해야 하는지 정확히
알고 일을 할 때 시킨 사람도, 하는 사람도
모두 좋은 성과를 기대할 수 있는 것이다.

무식한 것을 두려워하지 마라.
허위의 가식을 가지고 있음을 두려워하라.

J. W. 괴테

모르는 것은 배우고자 하는 마음이 있다면
더 이상 부끄러운 것이 아니다. 정작 부끄러운
것은 모르면서 아는 척하는 것이다.

끝이 나기 전에는 무슨 일이든
불가능하다고 생각하지 마라.

M. T. 키케로

포기하지 않으면 실패해도 후회는 없다. 자신
이 가진 기량을 마음껏 펼쳐보고 실패를 했다면
다음 기회를 노릴 수 있는 밑거름이 되지만
중간에 미리 포기하면 말 그대로 실패자가
되는 것이다.

재미가 없다면
왜 그걸 하고 있는가?

제리 그린필드

자신이 하는 일이 재미가 없어지면 그때부터
몸도 마음도 하루가 다르게 쇠약해진다.
먹고 살기 위해 어쩔 수 없이 하는 일이라
할지라도 그 일을 온전히 내 것으로 만들지
못한다면 돈을 버는 기계와 일의 노예가 되어
자아를 잃어버리는 상황까지 오게 된다.
재미가 있어서가 아니라 피할 수 없는 것에
대해서 즐길 줄 아는 지혜가 필요하다.
모든 것은 마음먹기에 따라 전혀 다른 결과를
낳을 수 있는 것이다.
항상 긍정적인 사고를 잊지 말자.